傾聽顏色的聲音

馬景珊 著

台北律師公會

二〇〇六年法律文學獎首獎

序——傾聽文學的聲音

邵瓊慧　律師

八月的南台灣，烈日炎熾。正午時分搭車到了位在歸仁鄉的台南監獄，一絲風也沒有。眼前一棟灰色方正的大樓，毫無特色，絲毫不願惹人注目。安靜，空氣中彌漫著一種小心翼翼，刻意的安靜。

對於執業多年的我來說，沒有想到第一次探監的經驗，不是會見案件的當事人，而是來拜訪二〇〇六年法律文學獎的得獎人。站在大門外，我想像著一牆之隔的監獄裡面，穿著制服理著平頭的受刑人，就像這棟建築一樣，絲毫不願惹人注目。但是，誰能想到有兩位受刑人的心靈，藉著書寫，穿越了厚厚的圍籬，告訴我們那麼不一樣的故事。

還記得評審會議決選後，工作人員才發現七篇得獎作品中，首獎《傾聽顏色的聲音》及佳作《傾斜的天秤》得獎人馬景珊及沈明賢都是台南監獄的受刑人。這是公會創辦法律文學獎三屆以來，第一次有受刑人得獎。

首獎得獎人馬景珊在他的報名簡歷中，只簡單的附上身分證並註明「台南監獄受刑人」，當時大家並未察覺任何特殊之處。直到主委薛律師事後提及馬景珊很可能就是藝人馬景濤的弟弟，我上網一查，才發現的確在幾年前，有數則藝人馬景濤的弟弟馬景珊因犯強盜罪入獄服刑的相關報導。

根據報導，馬景珊人生充滿起伏，算是一個傳奇人物。他曾因經商失敗入獄，服刑期間與兒子同榜考上東吳大學哲學系，但假釋後卻不堪經濟壓力，再度犯下強盜罪而入獄，現在台南監獄服刑。不過他的故事之所以受到媒體報導，有絕大因素是因為他有一個知名的哥哥藝人馬景濤。

為了不願像其他媒體一樣再度消費馬景珊先生的身分，公會的新聞稿並未特別提及馬景珊與馬景濤的關係。但湊巧的是，評審獎《色計》作者劉峻谷是聯合報資深記者，他曾經在馬景珊入獄前，做過一篇報導。因此當他看到新聞稿時，主動在聯合報以「馬

景濤之弟 獄中寫小說獲獎」為題發出特稿，緊接著三立、中天等電視媒體也立刻以電話專訪的方式，追蹤了這個新聞。

由於我是本居法律文學獎的評審之一，所以我是先讀過得獎作品《傾聽顏色的聲音》，之後才透過外界的報導認識得獎人馬景珊的背景。還記得坐在台南監獄等待會客時的我，忍不住一次次回想得獎作品中許多令人印象深刻的片段，揣測著那些情節與馬景珊的現實人生，有多少關聯性？等一下見到馬景珊本人的時候，又該說些甚麼？

接待我的是台南監獄的教化科長林明達先生。林明達先生是一位親切客氣且有著書卷氣的長官，他導引我通過一個庭園式的廣場，來到圖書館旁的會議室，而不是在冰冷的會客室與受獎人見面。接著，我聽到沉重的腳鐐聲，兩名教誨師帶著馬景珊及沈明賢先生來到會議室。平時的他們，只是一般受刑人，但是今天，他們是得獎人，只是到場的我，沒有攜帶獎牌、獎金或是鎂光燈來榮耀他們，我只是單純希望和他們見面，親自說聲恭喜，而不是讓他們從經過重重檢查的郵件裡，接到自己的獎項。

事實是，我完全沒有預料到這樣單純的念頭，原來對他們是這麼重要。當我簡單的敘述了公會創辦法律文學獎的目的，以及本次評審對得獎作品《傾聽顏色的聲音》的肯定時，馬景珊竟然向我確認，評審時是否的確是將作品匿名評選？我理所當然的說是，馬景珊才以一種如釋重負的口吻說，監獄中的其他獄友乍聽到他得獎時的消息，便到處耳語謠傳因為他是馬景濤的弟弟，所以才得獎。我當場立即否認有這種可能性，但也因此了解到有個知名藝人馬景濤的哥哥，對於馬先生而言，是個榮耀也可能是極大的負擔。

在首獎作品《傾聽顏色的聲音》中，主角阿不拉是個在南部窮困漁港長大而到都市工作的少年。阿不拉從少不更事，希望認真工作賺錢的單純少年，開始從加入竊車集團、偷車、吸食強力膠、搶劫、殺人，一步一步踏入犯罪的深淵。故事最大的張力在於，阿不拉在獲得假釋的前夕，卻因為他同鄉好友的構陷而再度因搶劫殺人罪受審。巧妙的是，阿不拉之前正因與他共同犯案，曾經由好友一肩扛下罪名，反而使得阿不拉活在逃脫罪罰良心不安的陰影中。最後，阿不拉放棄上訴，為了一個不曾犯過的罪，接受死刑的制裁。阿不拉在受刑前，眼睛已經因病失明，但是他反而能靜下心來，傾聽顏色的聲音。

還記得我在讀這篇作品時，雖然還沒有看完所有投稿作品，心中直覺感到這應該就是首獎。當時手中的作品原稿，每一頁整整齊齊地打字，甚至還有親手用立可白塗改的痕跡，表示作者細心地校對。封面更是用藍色彩色筆畫了可愛的卡通圖樣，再加上充滿感性、細膩的文字，我腦海中浮現的作者身影是個愛好文藝，充滿想像的中南部學生，可能是女生。

不過坐在我眼前的馬景珊，完全和我的想像不同。馬先生的身材魁梧，木訥而不多言。戴著眼鏡的他，讓人看不清楚他的眼睛，不過仍然可以感受到那種沉重。甚至連他談到得獎時的喜悅，都是那樣的含蓄。他提到聽到得獎的那一天，一隻鴿子飛到他的窗前，讓他覺得似乎有好預兆，再加上他的號碼是二〇〇六，正好和二〇〇六年法律文學獎一樣。只是談到這些輕鬆的話題，他的臉上仍然沒有一絲笑容。彷彿監獄的生活已經讓他遺忘了該怎麼笑，相較於他文字的感性，他的沉靜讓我不忍。

而他的沉靜，或許正是他在跌跌撞撞的人生起伏之後，歷經兩次監獄洗禮的結果。當我請教他，得獎作品中是否有他自傳性的體會時，其實我想到的是作品中許多描寫主角阿不拉的心理掙扎。阿不拉不在監獄時，無力對抗生命與環境的粗礪、慾望的拉扯，一再陷溺於吸食強力膠的幻覺；只有到監獄裡，他才能保持清醒，思索人生的真意，但是這樣的清醒卻也帶來極大的痛苦。

就是這個問題，讓馬先生當場情緒激動，淚流滿面。他說：「沒有人喜歡監獄，但是監獄使我成長。」

在教化科長和教誨師的面前，這樣的回答相當直接。不可諱言地，他的成長，尤其是這次的得獎，台南監獄的這幾位長官確實幫了許多忙。甚至連沈明賢先生的得獎，也都應該歸功於台南監獄推動寫作班，鼓勵受刑人從事創作的成果。

馬景珊提到得獎作品的故事情節是根據其他獄友的經歷改編，當然其中關於內在的反省與感觸，確實是他個人的體驗。在他決定投稿二〇〇六年法律文學獎後，獄方的教誨師給了他相當多實質的幫忙，例如提供刑法、犯罪學等等書籍供他研究參考，甚至每天容許他使用教誨師的電腦打字，乃至最後的編排、校對以及複印。難怪馬先生得獎作品的紙本，不像其他投稿的受刑人一樣，都是親手寫在稿紙上，蓋有紅色的檢查章。

沈明賢先生的佳作《傾斜的天秤》就是一手俊秀的筆跡，一字一句在稿紙上爬格子的結果。《傾斜的天秤》相當平鋪直述地描寫一個計程車司機，竟然無端遭到證人構陷為殺人犯，而遭判處無期徒刑的冤獄。據沈先生說，這是發生在他室友身上的真實故事。在沈先生接近白描的寫作方法中，呈現了一般人民面對司法的無知與無奈。主角竟然因為無力聘請律師，在最後一次更審的上訴狀草草自行提出書狀，因而遭到判決定讞的命運。

沈明賢先生個子瘦小、黝黑精幹，但是眼露精光，十分靈活。據他說他因為只有國中學歷，常常感到自卑，卻因台南監獄寫作班而漸漸發現自己有寫作的天份，從中找到了自信與目標，甚至希望藉由這次佳作的得獎，以他室友的不幸故事現身說法，突顯現行法制的缺失。

其實二〇〇六年法律文學獎的得獎人均相當特殊。除了馬景珊及沈明賢是受刑人外，其他得獎人還有資深記者、專業作家，當然也包括執業律師。由得獎人的背景，可以發現法律文學獎的參與層面越來越廣，作品也有相當水準。

評審獎《色計》作者劉峻谷是聯合報資深記者，在法院的採訪實務經驗中，看遍許多詐騙者的手法，被害人、卡債族的悽慘遭遇，媒體的嗜血和窮追猛打的報導手法，有感而發創作《色計》。這篇作品的確是「有聲有色」，相當緊湊，十分具有戲劇性。

特別獎得主黃秋芳小姐是藝文獎的常勝軍，曾獲教育部文藝獎小說組首獎、台灣兒童文學協會童話獎首獎、吳濁流文學獎小說佳作等。其作品《不要說再見》以車禍案件與愛情故事為主軸，文學性相當高，在評選過程中獲得多位評審的青睞。

佳作《渴睡的人》作者徐子婷現為執業律師；《未爆彈》作者黑米，本名涂芳祥，目前為自由作家。《符》作者官志城全家七位成員都有獲得文學獎的紀錄，小說的內容是依據真實故事改編。他的妹妹官淑森律師日前也將他們的家庭故事出版，名為「從放牛的小女孩到律師」。這幾篇佳作加上《傾斜的天秤》共有四篇，超過過去的數量，但是在評審均感到難以割捨的情形下，並列佳作，可見這些作品精彩的程度，其內容與風格更是各不相同，使本土創作的「法律文學」內涵更為豐富。（四篇佳作曾刊登於台北律師公會所發行的「律師雜誌」95年10月號第三二五期）

無論你是法律人或一般讀者，企盼透過本土「法律文學」的創作，讓各位讀者看到在社會各個角落，甚至在監獄裡，不同背景的人們，是如何看待法律、以及法律帶給人們的希望、失落、期許、誤解，那超越訴狀與判決之外，在真實人生中，種種難解又無從遁逃的關係。

CONTENTS

第一篇　隨機宿命論

五月天，黃梅雨才剛剛結束。

太陽的煜燄才爬上北回歸線上空站好位置，溫度便讓大地植被沸騰起來，從大度山麓上芊綿著層巒起伏的相思樹林、芒草， 直到山腳下畦畦水田和田邊露草，再到遠處的坡巒，光是泛起的綠色就有幾十種。西線遠處海平面上的雲活靈靈地累結，讓山麓的天頂倉惶扮演希臘的藍。

其實，天空只有一種它自己的顏色，所有的變化都是因為加進了太陽和雲的關係；就像地上所有發生的事，只要加進人為的肇因就會變的雲譎波詭。無常的生命動態裏層出無窮的弔詭，所有邂逅出來的事件皆由時間為所肇造，時間為所終結。

太陽已經落山，從大肚山上某段稜線上消失，留下掙扎的城市燈火。山麓上一處制高點——望高寮的視界是極度開闊的，一邊有城市霓虹綿密的情慾，一邊有鄉鎮昏黃的等待，兩相對照，竟是情感的兩個極點。接近望高寮東向的緩坡上，矗立著幾面異常高度的灰牆，圍囿著乍看之下像是蜈蚣的建築。牆的高度顯示並非一般人家，也非仿古的城垛，而是在牆頭上架著通了高壓電的現代電網。

高牆裏燈火通明，死白的光線將建物輪廓烘托出類似伏在陰暗角落的一隻蜈蚣，牠體長多足，由多數相通的節點合成，蟄在牆裏四處鉤爪銳利的節足動物，伺機捕食城市自身因文明而延伸出來的蟲害——監獄，這隻被統治集團豢養的巨獸，牠被冠以在表決中獲得多數的既屬正義的冕，既跋扈又合法地淘汰少數既屬非正義的社會結構下必然的瑕疵產物，牠的力量無以倫比：

「阿不拉，你假釋准呀，上慢月底就出去。」

「恁娘哩……釋放條沒落來，恁父真正要急死。」阿不拉以伏地挺身預備的姿勢撐在地板上，氣喘如牛。

「嘿——是猛虎下山，急啥？時間若到，你想要留落來，伊也不肯。沒這趕啦，我確定你要出運囉。」

「出運？！上好是，這趟出去要好好呀做人，我真正是驚到會驚……」

阿不拉伏在地上撐了最後十下伏地挺身，汗從腋窩順著青筋暴起的雙臂涔涔劃出幾道亮光，停在手肘上。胸肌漲出類似開始醱酵的麵糰，撐開了那件牡丹圖騰的刺青馬甲。

他假釋准了，念頭開始像是在夜空中炸開的煙火，從初出現的炫焰，瞬間會被吸進夜空深邃的黑色螺旋裏，另一門煙火接著再出現。這些瞬間的念頭，他的意志顯得既詭異又間續片段，無從整合，他一方面興奮莫名，一方面起了驚駭。四十歲的年紀，阿不拉也不是第一次被抓進來，接著時間到了放出去；他從少年觀護所開始就成了刑務所的奇葩，像那朵盛開的牡丹，一朵接著一朵，隨著他進出監獄的次數在胸前撐開了血紅的花瓣。

現實生活裏，阿不拉無疑是個智障，且面對社會種種框架的束縛時又顯得無能。國民九年義務教育他才完成七年，剩下來的兩年交給了哪吒。太子爺告訴他不是讀書的命，要拼才會贏，說他前世是個文曲星下凡的狀元，因貪享世間榮華富貴，所以今世不得舞文弄墨。他在文字和語言上一直有很大的障礙，費了勁還不一定能讓別人了解他的意思。他也沒什麼社會規範的概念，充其量聽過廖添丁的故事。但他也沒有劫富濟貧，因為他更貧，從小便銜著黑湯匙在社會階級中的流動底層被沉澱，被邊緣化。

「龍吉，這趟出去有啥麼打算？再拚，敢不敢？只要過面，榮華富貴你就享盡一生……」

「拚？！若後一次入來，我看會沒命回中原！」

「龍吉」是阿不拉的本名，太子爺幫他取的名字，預備用來對抗宿命。

每當慘事在他身上實現或是又一次被捕，他幾乎都要尋求一個超越現實的解釋，以期能理解為什麼他會被萬中選一，出來承受這樣倒楣、痛苦且無法接受的懲罰，甚至賦予自己一個非常超脫又幾近怪力亂神的解釋組合。這次假釋獲准，他認定是太子爺威神力故，「龍吉」終於發揮對抗宿命的功效，在姓名學上可是代表了天賜於帝王的祥瑞徵兆，他真的要出運了。

敕令——太子爺賜降的符咒，穩穩地在阿不拉胸前掛著——

「龍吉，真正要出運囉。」阿不拉給自己下了肯定的結論，炫艷的煙火又在他的心頭炸開。

阿不拉的累進處遇達到符合呈報假釋的標準之後，便開始利用每天清晨和傍晚的空檔做運動，伏地挺身、仰臥起坐等等不佔空間的活動，偶而就在原地抬腿跑步。運動的概念沒什麼，只是企圖將生命的向量拉長，以期有更多的時間讓試圖扳回生命劣勢的動機擴張，擴張出一個足以引導他行動的期望值。阿不拉通常不會在剛剛入獄時做任何運動，因為這像是才剛插完秧就急著預備收割機一樣喫飽太閒，說不定秧苗還來不及結穗就會先遇上什麼天災，況且蟲害肆虐也並非他能預期。他將監獄生活理解成類似老農夫靠天吃飯一樣。

這個秋天確定是可以收成了——

假釋審核小組會像秋天一樣公正不阿，對於凋零絕不給予寬容，對於豐收又絕不加以傷害，阿不拉的思想每天都像藍色天空上那朵白色的雲，秋風輕輕地帶著。他心裡有許多未成型的計劃逐日堆砌，喜孜孜地每天砌上紅磚、敷上水泥，想望的樓高和故鄉樸實的矮牆將他的意志帶到一處從所未有的高度——為此，他決定不再做傷天害理的事情，期望過一般正常的生活。旖麗的是，他還想找個女人生囝囡。

等待假釋的這段日子既是喜悅又有詭異，就像阿不拉小時候在水塘裏釣魚，明明知道浮標開始抽搐的時候可以確定有魚，卻無從知道魚兒什麼時候才願意上鉤：

「想——起早前啊澱社會，黑白懶散做，自小無聽父母話，如今啊這狼狽——」阿不拉低聲唱著。

阿不拉喜歡坐在牆角，望在窗檯上那些橫直的線條上，他在歌曲裏找到能與他思想相對應的情感，是他的一個出口。

今天在工場裏，幾個逗陣仔為他買了幾十袋水果和一百多份雞腿便當，請全工場的人提前慶祝他假釋成功。這算是監獄裏次級文化中的民情風俗，和一般婚喪喜慶的意思一樣。阿不拉對於這樣的盛情感到心虛，因為他已經有了想望的高度，並試圖爬上去；這個高度明顯和他身處的流動底層是兩條平行的直線，不再可能會有什麼交會的節點。

這夜，衛生科雜役在舍房前發藥：

「阿不拉，藥頭仔來啊，準備注射。」

監獄裏負責發藥的雜役被戲稱是藥頭仔，藥頭就是在社會上從事買賣毒品的毒販。阿不拉有糖尿病疾，每天必須施打胰島素以抑制病情，雜役送來的就是胰島素針劑。在舍房主管的戒護下，阿不拉扯下身上的花內褲，露出黝黑的屁股蹲在房門旁的一個長方形洞口前，讓雜役將針筒伸進來，戳在他的屁股上。

除了監方提供針劑之外，阿不拉也在食慾上做了很大掙扎，為了有命重返中原，表現出少有的服從性格，連香菸都戒了。

黑夜，是阿不拉在監獄裡的另一個白天。每當諸神靜默，思想會像是樓高的浪頭，一個接著一個對他翻滾而來，浪脊上飛噴著念頭的泡沫，他欲掙扎游向自由安全的灘頭，嗅著一股花露水的濃郁花香匍匐前行……

是一股潛藏在他深層記憶中的濃郁花香引導，阿不拉回到母親的腹中繾綣，嘴角咧著淺淺的笑意；闔起眼簾，有意識地將禁錮的環境橫阻在外，不讓森嚴的現狀干預到他內在心靈的浪漫。他寧願一直待在母親九月的妊娠中，也不願意被囚鎖在陰冷的牢房；寧願母親無理的苛責，也不願接受法律規範的咆哮。他很早就起了反抗，不再喜歡那個備受歧視及永遠都在陰暗中肆虐的藏鏡人，也討厭苦海女神龍的悲情世界，卻積極想像那個經常在驚嘆聲中躍入夜空花魂的史艷文——金光閃閃銳氣千條。

阿不拉又一次沉進那一場萬千氣象的時空場域中，沉沉睡去……

只因為欠缺文字和語言的能力，阿不拉通常只能把自己的情緒放在「幹譙」的轡流毒水中，藉聲音的分貝表情達意，甚至在夢囈中都不放棄這樣死纏濫幹。他還喜歡圖案創作，在簡單的線條中捕捉能夠會意的意象，詮釋無人能懂的塗鴉，為他的情感找到更多的出口。

清晨，是阿不拉內在的晨曦時刻——

一種從底層泥淖裏掙脫的感受，像是重新回到本初來到世界時的嬰兒期，那一個無從記憶卻又非常熟悉的存在狀況，和他的潛在意識相當接近。他無法表達這一段有意識的部分，只能安靜地將自己交給時空，讓自己在看似紊亂的秩序中咬合進去，找到一個最為恰當的位置與神對話。

阿不拉認為自己出世做人並非來自選擇，穿鑿附會的宿命卻又經常和他的本心相互違背，在無可避免的社會化過程中裝進太多不適合的東西，各種千奇百怪的價值觀和道德觀誘發他變得仇恨、偏激，甚至有時候覺得自己才是被害人——似乎，阿不拉只能妥協而不能選擇，無論好壞善惡都必然是社會結構下的產物，社會可以選擇文明而有權淘汰必然的瑕疵產物，就像他這種歹人！

假釋獲准似乎為他打開另一扇窗，阿不拉在期待中交纏著害怕，他幾次重返社會被質疑、被劃清界線，遭到偽善一方的惡意離棄，甚至毫不修飾的唾棄。他需要的是歸屬和認同，所以幾次又回到監獄，起碼監獄裡的烏鴉都有統一的顏色。幾次進進出出的過程帶給他無盡矛盾，總會在他獲得認同和歸屬的同時，心裡又提現出無數個問號，在瘋狂和清醒之間摻雜了躊躇和猶豫。這個感覺就像是在高山上想望大海的藍，在大海上覬覦山的高度一樣——不切實際。

灰——既尷尬又顯然存在的顏色，是天使與撒旦在征戰時流淌的血，在阿不拉的心房裡噴濺。

每當他感到躊躇的時候，眼前的萬象會變出比較不容易理解的灰濛。幾天前他的幾個逗陣仔花錢買的雞腿便當，他邊吃邊感到像是參加喪禮後的喪宴，吃不下去的原因是他彷彿瞥見了棺木裡的那具死屍，長的居然和他一模一樣的臉孔！

這天，天氣太晴；阿不拉決定再將棉被抱出舍房，曬過的棉被會有太陽的味道，是他記得住的媽媽的味道。他喜歡在夜裡溺進那一團暗紅色螺紋裏，嗅著棉被透出阿母的芬芳；他繾綣依戀，溺在胞衣暖暖的羊水流裏浮潛翻游，他會覺得安全。

阿不拉把棉被攤在工場頂樓的籃球場上，一牆之隔的看守所裏，幾個死刑犯在一邊的籃框下鬥牛，哩哩拉拉地帶球上籃、疾停跳投，快速的攻防中看不出足踝上厚重的鐵箍腳鐐起了什麼桎梏的作用——死犯健步如飛，阿不拉看慣了，心裏起不了什麼情感；生死有命，同情都是多餘。如果慘綠的生命也是一種長度，死犯的長度就是銀河的寬度，既深邃又難以探測。阿不拉放棄同情的權利，因為事不關己，今天最重要的事情是收集太陽的味道，沒有必要花時間為了幾個死犯浪費時間。

午后，山麓上空有了急驟的變化——自然的運行中，如果單單只有太陽的位移而沒有雲的干預，世間大概就不會有無常了。厚灰的雲朵被季節風快速帶向山麓上空，在太陽還來不及收刀入鞘，那支巨大的電光寶劍就被烏雲給攔腰折斷，掉在山脊上被四季風化的紅土層埋葬……

阿不拉迅速將棉被收回來，曬了半天的棉被也只有半個太陽的味道，他心裡直幹，今天的確不是什麼好日子，等待釋放條的煎熬像是變成了夜市裡那個賣藥郎中口袋裡的小彩球——一顆接著一顆，誰也不清楚到底有幾顆；每掏出一顆，他就要多關一天。今天，阿不拉收到一張傳票，然後心情就不好，然後手上網球拍的穿線工作就全都穿錯了。接著，雲就進來了。

法院來的傳票沒什麼，大概是要傳他出庭作證，阿不拉忖度著——

自己的案件複雜，涉及和沒涉及的，知道和不知道的，看見和沒看見的，同案的共犯又牽扯不清，就像網球拍的穿線工作看似繁複，但只要知道哪裡起的頭，大約就知道所有橫直線條的來龍去脈。阿不拉在法官面前是個頗具證據能力的人，因為他實在非常不單純，牽扯的案子很多，連他自己都搞不清楚，需要法官不時提示。針對法官來的傳票，阿不拉最多的答案就是「不知影」，這關乎次級文化裏的江湖道義，他不管什麼社會正義還是公平原則，他只能理解千萬不能當「抓耙仔」，除非有人先「耙」他。

次級文化裏的江湖道義必須經得起考驗，卻經常會在法官大人面前彼此「耙」得死去活來，讓案情因此更趨向於真相；法官當然樂於見到這種「兄弟」鬩牆的結果。

阿不拉是法院常客，雖然看不懂法律條文，但長時間的經驗讓他洞悉，法院的另一個真實面相——一個比賽說謊的地方。今天他苦苦思考了一個下午，為了想不懂法官要傳喚他哪個案子，也就為了無從排練說謊的劇本而感到苦惱，整天心臟跳動的頻率異常，到了收工回房都還一直為了釋放條和傳票的無可預期而忐忑：

「阿不拉，免煩惱啦，無一定釋放條這幾天就會來，緊張也無路用。」同房牢友看出他的不安。

「唉……，目啾皮直挫。」阿不拉不停拉著眼皮，要把不安的情緒擰去。

「挫？免驚，有好無歹。我跟你講，紓琦那本寫真集借來呀，嘿——你看，連叭哺仔也看到一清二楚。去催一支——催了，運就會改，釋放條馬上就來。」

房裡今天借來了那本炙手可熱的寫真集，寫真集女主角逐漸走紅而讓寫真集一時洛陽紙貴。幾十張極盡淫穢的圖片在監獄裏躲躲藏藏，幾年來每天都要徵召幾十億蛋白質大軍進攻下水道。

阿不拉不遲疑猶豫，帶著紓琦跨上糞盆，退下那條浪人圖案的花內褲蹲下來——逐頁翻找，要找出一組能夠一舉打開他最深宮也最迫切需要的慾望密碼；也許是紓琦一個勾魂攝魄的眼神，也許是一個很原始的姿勢……

阿不拉一手翻書，一手握緊那一團還沒醱酵的高筋麵糰，沒命似地搓揉，瞳孔緊緊盯著紓琦身上兩個具有排泄作用的出口……

「幹——哪會無感覺？」

紓琦擺著各種淫穢的姿勢，耐心等候這位四十歲的精壯男子，阿不拉卻開始顯得惱火。箇中原因不是紓琦不夠淫蕩，也不是阿不拉被剝奪異性關係太久，更不是海綿體的充血功能老化——而是，那張傳票！

這張傳票帶來了對於未知的強烈恐懼，尤其是在監獄裏，連紓琦都要束手無策。阿不拉卻絲毫沒有鬆手的意向，決心要從谷底裏掙脫，他需要一個高點來幫助他降低疑慮，他加快套動的速度——

「喔……，啊紓……，去呀……」勉強地，幾次連續的收縮和痙攣，好像從即將用罄的麻油瓶裏甩出兩滴芝麻油，一滴在花湯上浮著，一滴還懸在瓶口。

一切安靜下來，念頭重新佔領阿不拉的思想。剛才那一段曇花般的痙攣，讓他去到一個完全不含理性內涵的真空領域，大約遲滯了三秒鐘的時間，之後開始降落……

阿不拉緩緩地走進現實，紓琦還在淫蕩。他走進牆角的餘光底，熟練地以電池的正負極引燃一根老鼠尾巴，深深吞進那一口濃煙，思想一下子又像是遇熱溶解的奶油，身體鬆軟起來。雖然他已經決定戒菸，不過今天確實有必要再藉由尼古丁的幫助，讓降落的速度延緩，不想太早回到落地後的真實。

儘管阿不拉刻意抑制排拒，那張傳票很快又出現在他腦海前門。就寢號角準時嗚咽起來，驅動他再次躲進那一道暗紅色螺紋裏；卻沒嗅出阿母的芬芳……！羊欄裏的羊咩咩地干預他清點羊數，卻讓阿不拉不自覺數起自己的犯罪事實，法官知道的和不知道的，那像是掉落滿地的芝麻，他起了一陣青惶！

每天監獄裏的晨曦，會在東向的天空上透出暖暖的橘紅，依序變換著幾道不同的顏色，一直到蔚藍。幾天過去，釋放條還是杳無音訊，大自然的律則仍舊規律拓動地球的脈搏，時間以一種無聲悄然的前進方式——從混沌漸進到秩序，從魆黑爬到蔚藍，許多事件的演進最後都要不證自明。

「阿不拉，你明在要出庭嗎？」

「嗯……，可能是要傳我作證，我不清楚。幹，釋放條到今抑無消息？」

「免緊張啦，既然有准，早晚會落來。是不是……還有其他的案件？」

「幹——烏鴉嘴！我的案件早就全部判過刑呀……」

這一夜，阿不拉不想再找紓琦，他想到可以添加一點點酒精濃度……，也許，思想就可以不會這樣清楚。他小心扳開一塊暗藏玄機的地板，從地板下搆出一個透明的塑膠罐子，這個塑膠罐子透著混濁的乳黃色液體，那是因為他在罐子裡放進養樂多和饅頭的關係。經過三個星期的醱酵期，酸黃汁液早就醞釀出含了酒精成份的瓊漿玉液，這是他的另一道出口，可以將他帶往太極圖騰裏那片未開闢的畛域——等待赤紅的風火輪再次出現。

陽光仍舊耀眼，渾厚的光芒鑄出一支聖潔輝赫的青龍寶劍，交替了高牆上幾盞警戒用的強力探照燈。這天艷紅的火球才燃上正義的燄，阿不拉卻感到心虛，掛著太子爺敕令的符咒步上囚車。期間的過程他再熟悉不過，從檢身到戴上戒具，每個細節都能預先準備在戒護人員的口令之前，老籬笠（老犯）的配合度算是很高的。

囚車一路駛出監獄，速度極快。阿不拉的身體已經有很長一段時間不曾如此快速移動過，加上汽油燃燒的味道，他感到昏眩——車窗外的景物以一種向後傾斜的角度拖曳，開始經過一條冒出白色泡沫的溪流和畦畦稻田，接著進入城市撩亂的街景。這段行程是他熟悉的，雖不是回家的路，卻經常給他回家的錯覺。幾年來他意外地發現綠色的水田變少，重劃的魔煉捲起了貪婪的熾燄，燒廢了大片嫩綠青紗，他聽見貧富懸殊間的哀嚎和官商勾結的狂囂，卻看不懂期間人為的奧妙，更沒有對等的智商如法炮製巧取豪奪。他的思想僅足以領導他在非理性的暴動中行動，主宰他生活的是感覺、感情——而理性，是必須經過訓練，是那些貪官奸商想達到某種目的時的手段，非他能及。

念頭變換了幾次，阿不拉沒有意識到他的思想已經脫離了被禁錮的束縛……

囚車很快地駛進一棟龐雜的建物底層，這裡聽說是一部可以裁奪兩造權益平衡的磅秤，阿不拉將之想像成一部街頭自動販賣機，他的犯行和各種不同的事實會被投入，最後反射出幾張發監執行的指揮書——

法院是幹什麼的？法院是廖添丁嗎？

法律不是目的，是工具，是社會階級統治中的高級對低級進行統治的工具，它的原則是不公平而不是公平？！

法理賦予人來執行神明任務的權勢，法官卻沒有通天本領，而凡人卻都是情感動物又善於說謊和演戲。阿不拉在思想中起了某種經驗法則的雛形，這個雛形不曾被任何知識理論所架構，是他低級智識的自我理解，來自於底層社會經驗的解讀，他無法描繪出比較具象的輪廓，也無從表達什麼。

囚車緩緩泊入適當的位置，沒有即刻打開車門，法警的職業性警覺先確定了車道上的鐵閘確實關閉之後，才將囚車上幾道牢靠的門閂拉開。這個時候不需要號令，熟門熟路的老籬笠會知道前進的方向，即使建物底層的通道有類似羊腸一般的轉向。阿不拉緩緩拖著腳鐐移進候審室，這個候審室比監獄裏的牢籠還要像動物園裏的獸欄，有整面橫直鐵條交錯的大鐵框正對著法警的值班台，另三面牆被漆得慘白，部分透著潮濕而起的類似白癬，白癬下伸手可及之處，被刻畫出密密麻麻的的各種留言。阿不拉下意識撚動手上的檀珠，即使知道自己根本上就是個惡人，但在這個神鬼各自認證的地方，他急迫需要隸屬於善的一方的神明庇佑，手上的檀珠具有標示的作用。

阿不拉有意識將視線投射在牆上，每次來到這個地方總能發現幾組新刻上去的符號，除了謾罵各種人事，還有宣揚各地角頭，也有自許神偷笑傲其技專偷女用內褲等等。阿不拉今天發現了幾個斗大的英文字而感到興趣，是因為看不懂所以感到興趣，是用原子筆筆尖刻上去的——

「The most difficult thing to know is the mind.」

不知道誰寫的，阿不拉猜想大約是個美國人罵的髒話，要不然就是個讀冊郎。讀冊郎也會被關進來，阿不拉感到一股無法避免又欣慰的奇怪感覺。斗大的英文字下面接了一段同樣醒目的字，也是用筆尖硬刻上去的，該是同一個人寫的，是阿不拉看得懂的國字——

「蘇健河無罪？！我何罪之有？幹伊娘老雞屄！」為了加重語氣，又多畫了一根粗大的陽具。

蘇健河案炒得沸沸揚揚，阿不拉沒什麼感覺，因為他就要離開監獄了。蘇健河到底有沒有罪跟他一點關係都沒有，他只是喜歡從中瀏覽一些可以和他內在相對應的次級語言，藉以投射他內在的呼應：

「游龍吉。」

法警不知什麼時候提著手銬站在候審室前，阿不拉回過神來，輪到他上場比賽說謊——阿不拉不給法警再度作聲的機會，在堅持某個程度上的對立，自動將雙手先伸出去上銬。他不喜歡被喝斥命令的感覺，所以寧願自動。他的思考突然間完全消失，大腦騰出了整片的空白，就連平常時候出其不意的念頭和間續片段的印象都無法附著，在意識上僅留下對心跳加快速度的認知。阿不拉的喉頭頂著一團紋火，口舌乾燥，所有對於未知的感應，他都知道是他預備開始說謊的徵兆。他試圖去想像剛才看到的那幾個英文符號，因為他經驗豐富，知道在這個神鬼各自認證的緊要關頭下，有必要去想像一些無關緊要或是根本無從理解的事實，來幫助他和緩情緒並且移轉心理焦距，以便於可以更加淋漓盡致地發揮演技，讓無罪的謊言更加圓滿。

阿不拉是個比賽型選手，而非練習型選手。兩個法警一前一後，帶著他從建物的底層向上移動——

大樓中央庭園已是門庭若市，就像野台戲棚子的臨時後台，擠滿了一堆沒能在前台佔到有利位置的觀眾，裏頭雜著幾個濃妝豔抹即將登場的青衣刀馬旦。演員臉上集結了演出前的異常平靜，等著上場就要讓觀眾隨著誇張精湛的演技瞠目結舌，阿不拉走走拖拖進了大樓中庭……

「歹人來呀！」

年輕媽媽一把將孩子攬進懷裡，眼前這個歹人不是社會框架下的期許，要讓她的孩子早點看見不聽話的下場。阿不拉擔任這種負面教材已經是習以為常，對於自己在世間詮釋著這個反派角色，就像一路做了一場渾渾噩噩的夢，有好人就必須有壞人，他似乎是在很久以前便被指派了必需飾演這個壞角。阿不拉的出場，讓他足踝上的腳鐐成為目光焦點，好人除了一臉無法掩飾的鄙棄之外，大約就是在想著掛腳鐐走路的滋味是什麼。阿不拉把頭放低，他不想跟這些眼光對峙。只要釋放條一來，他就可以躲到一個無聲的所在，一個沒有人認識的地方，他心想。

也許，千百年以後，他在六道輪迴裏轉過幾次，下次他會變成一個被媽媽攬進懷裡的孩子，看著今天這個小孩哩哩拉拉地拖著厚重的腳鐐。

也許，他要化作中庭裏懸著的那顆爆裂石榴，不時閃著殷紅的流光，所有的世情都與他無關。

阿不拉面無表情，不到必要的時候，他習慣只有一種表情，讓那些好人無法在他臉上發現後悔或是痛楚。好人的眼光不想輕易地放過他，好不容易看見一個被繩之以法的歹人，說什麼也要讓自己多平衡一下。阿不拉突然間停下來，彎身調整了腳鐐銜銬的位置，臉部不經意地扭曲，恰好讓好人大大地滿足了一下。接著他起身，隨著法警左轉走進法庭。

世間上最真實的面象都會在法庭裏現形，人們要在這個舞台上詮釋各種無法滿足的物慾、食慾、性慾、金錢及權位在瞬間化成的偽善、貪婪、憤怒、妄想、懷疑、偏見和瞋恨。法官早已等在庭上，當阿不拉走進來的時候，推了推懸在鼻樑上的鏡架，讓視線在這個相對的中線上和阿不拉的眼神交會了大約一秒鐘的時間。阿不拉先將眼光的向度退轉下來，將焦距投射在視平線以下，因為這樣可以裝飾出外在的悛悔之意；悛悔之意可以調節法官的量刑，是人犯必備的特殊技能。在法警的示意下，阿不拉緩步站到中央，預備接受偵訊。

旁聽席上坐了幾個人，也不知道跟案情有沒有關係，這裡總有人帶著另類的雅緻，尤其在炎炎的溽暑下躲進涼風徐徐的法庭，看世態炎涼，看赤裸裸的人性，看悅然的世情：

「游龍吉，你現在因為什麼案件服刑？」

「報告大人，盜匪……還有恐嚇。」阿不拉顛簸的台灣國語，目光仍舊擺在視平線以下。

「服刑多久了？」

「要七年呀……」

「嗯，你跟李文定有什麼關係？」

「李文定……！？伊是阮厝邊……」阿不拉眼珠子移動了一下。

「你們之間有沒有什麼仇恨？」

「仇……？應該是沒……阮真久沒逗陣啊。」

「有還是沒有？」

「沒……」

「嗯，李文定因涉嫌一件強盜殺人案，現在最高法院發回更審，李文定說你也參與了這件案子，而且供出作案槍支也是你提供的。對於他的供詞，你有什麼意見？」

事件內容揭曉了，阿不拉的眼珠又動了一下，眉心揪出幾條難解的不規則線條，他抬起頭將視線移至視平線以上。承審法官大約已經備妥了連串的提問，目光也一直沒有停止偵蒐，甚至阿不拉眉心上揪出的那一團火焰都被收集起來，要當作取捨證據的判斷，阿不拉的每一個細微反映幾乎都要被列入參考：

「報告大人，伊黑白講……，強盜殺人是要判死刑，我已經入來六年呀，哪有可能和伊去犯案……」

「這件案子是在你入獄之前三個月發生的珠寶搶案，被害人當場被槍擊致死。你仔細回想一下……，我等一下再問你。」

阿不拉被法警先帶回候審室，他的思維運作起來，開始調校龐雜的記憶。

不管在任何情況之下，阿不拉都知道絕對不能像個作了歹事的嫌疑犯站在那裡，他有其必要表現出某些對自己有利的反應，諸如憤怒、茫然不解，甚至破口大罵一下以示清白。他的表情開始有了複雜的變化，即使他一再告訴自己假釋已經准了，只不過釋放條還沒下來，沒什麼可怕的。只是，眼前現狀卻像是有什麼急驚的病情發作起來，他完全沒有辦法將心理和生理分成兩個獨立的部分來運作。

候審室裏陰陰涼涼的，阿不拉不斷地轉動思想的軸，也不停地將各種搜尋出來的陳年記憶傾倒出來，但就像路邊電信箱子裏千百條各種電線迴路故障，他開始顯得驚慌，一點也無法裝出和心理狀況相反的外在情感。

「游龍吉！」

法警再度將阿不拉帶往通向偵查庭的同一條路上，又經過了喧囂的法院中庭，各種人心依舊沸騰，人世間的紛擾沒有一刻不是門庭若市。阿不拉沒有再將視線放低，無意識地望向已經知道的下一個轉角處，他在冷卻剛剛才沸騰的思考，卻不意又想起那張釋放條和傳票，眼睛剎那之間冒出了火光，燃燒起來。

阿不拉回到偵查庭前，第一眼便看到李文定僵直著背脊站著。幾年不見，李文定消瘦依舊，白皙的臉龐帶著陰冷的殺氣，卻也是把頭一樣半垂懸著，只是看起來並沒有悛悔或害怕的樣子，而是漠然。兩個人走得近了，只是眼神還沒有交會，阿不拉先是看出李文定一種慣有的殘忍表情……

「李文定，你說的阿不拉是誰？叫什麼名字？」法官問。

「就是伊……，游龍吉。」李文定將視線瞥向阿不拉，兩個人的眼神短暫交會。

「嗯，游龍吉，你認識李文定嗎？」

「阮自細漢就熟識。」

「嗯，李文定，有關於這件珠寶搶案，你就游龍吉有參與的部分，是不是再重新描述一次？」

一股完全被壓迫的力量逐漸膨脹，是時間針對各種隱蔽的事件在進行一次馬拉松式的顯微手術；事件的陳述像是一本事先經過排練的劇本，一本恐怖故事集。阿不拉沒有特別的專心，只是將頭側向李文定，那被描繪出來的事實讓他的胸膛明顯鼓動起來。幾年過去了，阿不拉仍然可以聽出在他們之間還存在著糾葛沒有過去。

「游龍吉，你有什麼意見？」

「伊黑白講，我根本不知影伊在講啥？」

「嗯……，那麼這把槍是不是你的？」法官又問，法警接著遞過一把手槍在阿不拉眼前。

「我不知……，伊要害我，伊黑白講，我真正不知影……」阿不拉開始顯出憤怒、茫然和無可奈何，他一心希望庭上都收集到他的表情反應。

「那你說說看，李文定為什麼無緣無故要害你？」

阿不拉的無言讓真相變出了無限可能，沉默在法庭上絕對不是一種答案。法官大人對於證據的判斷不能類似隔空抓藥一樣憑空取捨，事件運作皆有其經驗法則可供依循，阿不拉必須對此具有推理性的問題提出邏輯合理的解釋；如果相關前提為假，結論就有必要重新檢討。法官大人正交頭接耳，阿不拉瞬間讓空氣凝結起來，萬一全盤至尾得到的都是否定的答案，很顯然其中就有人說謊。說謊的問題確定存在，這就是神的任務。

阿不拉自己根本不知道該怎樣來進行解套，命題內容來得快，他整理不出恰當的說辭，也不知該就哪個部分提出說明。這個節太繁複了，如果解釋清楚冤仇其來自有，阿不拉勢必要陷入另一場泥淖不得脫身；如果不予解釋，他又如何能從眼前這灘泥淖脫身？！

「游龍吉，李文定為什麼要害你，為什麼他不去害別人……？你不能一直說不知道。」法官大人在提問中引導，每個人都想知道誰在說謊。

「報告大人……，我真正不知影，阮真久沒逗陣呀……我……」阿不拉口吃起來，說與不說似乎都要影響到那張釋放條。

「好，那我再提醒你一下，這把槍經過彈道比對，證實曾經在你犯下的一宗強盜案中被使用過，有刑事鑑定報告，你作何說明？」法官大人顯然有備而來，甚至模擬過阿不拉可能提出的各種解釋。

阿不拉的臉上一再出現茫昧的神態，而且還參雜了大半的恐懼，這個比賽說謊的地方其實也是個飆戲的舞台。

「游龍吉，你這次因強盜案入獄，當時你在警訊筆錄上供說這把槍已經被你丟到大圳裏，為什麼這把槍又會在李文定住處被查獲？」

「你自己考慮清楚，這把槍的來龍去脈交代出來。嗯，好漢做事好漢當，你坦白交代清楚，也許我們考慮給你機會。」法官又說。

連串的提問一直沒得到回應，阿不拉掙扎著。

精神緊繃使阿不拉反而鎮靜下來，他找到了比較堅實有力的著力點，使他在意識中形成一種有直接必要的固定想法，一種自我維護的思維。

「游龍吉，你可以選擇不回答問題，不過你這樣就喪失了為自己辯護的機會，你自己要考慮清楚。另外，警方在台中市一名洪姓珠寶商那裡查獲了幾件被劫走的鑽表、鑽戒，這名珠寶商也供稱這些鑽錶、鑽戒是你要他代為脫售，你有沒有什麼話要說？」偵查緊鑼密鼓地進行，幾隻銅鈴大眼緊緊盯著阿不拉，期待在他的視聽言動中蒐集一些蛛絲馬跡。

「報告大人……我真正不知影，我……假釋已經准呀！我……」

窗台上的橫直線條篩落了滿地的餘暉，偵查庭裏靜悄悄地……

那顆爆裂的石榴透著紫紅的沁酸，阿不拉的喉結突然之間向上提動了一下，將一口黏蜜的濃涎推進深腹千迴百轉的迷藏裏。不遠處，大約是附近的學校，傳來一陣清麗的鐘聲，聲波的分貝穿透空氣的藩籬，輕輕波動了阿不拉的耳膜。庭上接著傳來幾聲法官大人的乾咳，然後是旁聽席上窸窸窣窣離開的腳步聲……。地球在運轉，陽光又要被黑暗吞噬，只留下一個專注傾聽的念頭，在阿不拉變得僵硬的思維中企圖跟進……

「為啥麼是我……？？？？」寂中有音。

慘事似乎又要在阿不拉身上實現，他想望的樓高和灰樸的矮牆有可能就此傾倒，如果那張釋放條真的煙消雲散的話。

阿不拉累了，他如何再可以兜出一個多麼超脫現實生活的解釋，以其來理解這場愈形驚怖的事件。太子爺也累了，為了生命中太多層出無窮的宿命陷阱和零零總總每個事件的因果串聯。阿不拉現在只想趕緊找到一個無聲的所在，一個真正無聲無息的所在，慢慢地躺下來。

夜，又悄悄地進來……

重新回到靜謐中，阿不拉的歌聲又在大肚山下的那隻蜈蚣腹肚裏肝腸寸斷。為了避開現實的干預，他再度躲進那一道暗紅色螺紋裏，再一次站到早已經門可羅雀的虛迷過往前躊躇徘徊；為了戲散後的陳三五娘，他追了上去，卻只看見燒酒螺的空殼安靜地躺在秋收後的粉黃土地上，靜待四季的風化。

阿不拉的眼睛被擠變小……，瞇起來……，壓出細細的兩條水平線，他回到一個熟悉的狀態，嗅著阿母的芬芳——

也許……，釋放條明天就來了。

第二篇　阿不拉神燈

南台灣——

海風夜影，那一長條街景，馬路是舊的，路兩旁的建築哄著歷史的团囡，幾棟早已經改建成現代販厝的夾縫間，零落著幾戶巴洛克式牌樓及紅瓦頂的泉州古厝。在路中段上的派出所，又是歷亂過渡時一棟過氣的白牆古瓦，只剩下幾棵直挺挺的大王椰子還沒有退流行，杵在那兒。

風很懶，彷彿只有在落山風來的時候，它才要透露擄掠的本質。

這夜晚，風一點兒也沒有精壯的樣子，在太陽下山以後，繼續風乾著馬路上幾坨還有餘溫的牛屎豬大便，其他大約就沒什麼事情了：

「阿不拉，去王祿仔那，幫阿嬤買一罐養肝丸，恁阿公要喫的那種肝藥。」

「喔……，王祿仔嘴花蕾蕾，伊的話若會聽得……」

「啐，囝仔人有耳無嘴，去啦。」

每個月一次的夜間聚市，各式樣的彩燈讓這一長條街景像是上了濃妝的艷妓，在紅綠沸騰的光影中披著又一層燈泡暗黃的昏紗，送往迎來。阿不拉喜歡這款熱鬧滾滾的氣氛，有仿夜都市的虛迷魅影，各種五花八門的市攤像是要喚醒這個樸實的小漁村不能盡情宣露的浮華。這裡整年整月的素顏無妝，透早清一色的灰樸，阿不拉早看膩了。

阿不拉國中一年級還沒唸完，保成宮的哪吒便降旨收他為乾兒子；有了太子爺的敕令，阿不拉索性放膽逃學，宮裏有許多事情要比讀冊有趣得多。保成宮就在這一長條南北向的舊馬路盡頭，坐南朝北又恰好形成堪輿上所言的路沖大忌，所幸是太子爺威聲遠振，冥冥中自有趨吉避凶的神力，才化解了村民的疑慮，迄今香火鼎盛。

「穩定仔，趕快，聽講王祿仔帶兩個穿三角褲的水姑娘要來表演。」阿不拉急著找到穩定仔。

「駛伊娘哩，上個月恁父自頭看到尾，看到目睭拽到，伊也無脫。」

「好啦，阮阿嬤叫我去買肝藥，你陪我去……」

「買王祿仔的肝藥……？幹！你是徑不知路哦。」

穩定仔是阿不拉的逗陣仔，伊阿爸是庄內的村民代表，為了讓穩定仔在命運上有先聲奪人之姿，故取其諧音「你穩定」為之命名「李文定」。結果是正中命運之無可預期，別人都穩定下來了，穩定仔迄今還像是台灣尾端上空的氣團，像海邊的湧。

庄內這條舊馬路才剛剛鋪上一層新的柏油，仍舊散發著濃重的柏油新味，讓漁村一直以來的古早味淡去不少。會重新鋪上柏油，聽說是穩定仔伊阿爸在村民大會上大聲哆幹的關係，也因此得到街頭巷尾更大的認同，漸步有了「喊水會結凍」的態勢。這個態勢收編了庄內幾個少年強仔，理所當然包括了穩定仔和阿不拉，嚴然庄內一股勢力。小漁村裡沒什麼利頭可言，只因為城鄉差距的效應，該衰敗的都已露出了年歲斑駁的痕跡，還殘存的小小繁榮大概就剩下夜市的招商和保成宮的香火，再加上每年一次的洋蔥收成。利之所趨而延伸出來的紛爭有的是協調的必要，大大小小的事情都要「喬」，「喬」不下來就會有人「起屁面」，「起屁面」最好的優勢就是人多勢眾。

「阿不拉，等下恁阿嬤要買的肝藥，我處理就好。」

「怎樣……？」

「王祿仔仙的清潔費阮阿爸在收，肝藥的錢免給伊，我來處理。」

清潔費不過是名義上障眼法，保護費才是實質上的真正理由，這才不會有魚肉鄉民的嫌疑，況且來擺攤聚市的大多來自外地，自然是強龍不壓地頭蛇，都需要在地勢力的首肯。在地勢力就是惡勢力，相對於善，它的仲裁力量不需要善法的介入，自有一套千古流傳下來的叢林法則。阿不拉看在眼裡，從印象到觀念，從觀念具體成為實際行動，他漸次由一個相對立場的中線開始趨向其中一邊隸屬於惡的存在，而且逐漸強化了其觀念上的正當性。

「來噢……，小弟來到貴寶地，不是要來做恁老父……，來，這罐查脯人的聖藥，抹頭囊叫就硬起來，死的變活的，真正一尾活龍……，來，要給你開幾多錢？」

擴音喇叭震耳欲聾，王祿仔誇張的台詞擴張著超乎一般經驗的神效，加上兩位身著清涼泳衣的水姑娘一旁推波助瀾，白晃晃的暴奶乳香四溢，電力全開，讓在場的鰥夫少犢藥都還沒到手就讓不該硬的地方硬了。年老色衰的村婦也都使了暗勁，示意早已是瘦田枯水的夫婿掏錢買藥；任誰都要愁繆沒有這帖聖藥，一生的幸福大概就全毀了。

王祿仔各種神效的藥，從交配繁殖的器官到囝囡的臭頭爛耳，再到心肝脾腎肺，又總括了胃膽大腸小腸，王祿仔今夜算是大船入港，一夜豐收：

「王祿仔，生意不歹哦？」李文定一臉欺壓的邪笑。

「唉呦，少年頭家……，歹年冬，渡三頓啦！」王祿仔臉色一陣青綠。

「甭來這套……，嗯，上個月阮厝邊噉你的藥，漏屎漏三天，你娘哩……，我看這些藥來路不明。」

「夭壽，少年頭家，這些藥全部是傳統藥方經過科學的製造過程……」

「駛你祖嬤，甭跟我講那竹雞仔話，屎已經漏乾呀，你今不要承認？！」

「冤枉哦，少年頭家……，我這些藥……恁老父也有保證……」

「保你娘的雞屄！阮收的是清潔費……」話沒說完，李文定一巴掌摃在王祿仔的後頸上，兩個水姑娘一驚，分別低頭整理藥箱子，假裝無睹。

這種場面王祿仔司空見慣，既使是假藥被告上法庭，刑罰的喝阻效果有限，沒什麼好怕的。倒是這些地痞流氓，根本不講道理，有自己的惡法，就像剛剛這一巴掌，比六法全書還管用，惡馬惡人騎。王祿仔先是在李文定褲袋裏硬塞了兩張千元大鈔，兩個水姑娘趁勢陪笑，李文定又自動從藥箱子裏拿走了幾瓶養肝丸和一瓶鹿鞭酒，也算是皆大歡喜：

「哎呦——頭家，伊提走一罐鹿鞭酒……」水姑娘低聲驚叫。

「沒要緊，那是狗囊叫浸的……，幹死伊娘，喝給伊死。」

阿不拉兩個人大搖大擺取得了自認為的勝利，一路好不威風……

「幹，穩定仔，你真有辦法……，萬不一伊若去報警察……」阿不拉說。

「報警察？你當作伊真正徑不知路，伊若睹到警察是要越慘，這些警察是喫銅喫鐵，比恁父卡雄！」

「是哦？」

「你知就好，警察是有牌的鱸鰻，咱是窟底的泥鰍，無底比。」

「有牌的鱸鰻？！」

「是呀，警察就是有牌的流氓，國家認定的。」

「國家認定的？！」

「嘿，你甭想那些有孔無榫的大誌，你我青瞑牛，三冬讀無一冬冊，要做有牌的流氓要加減有讀冊，你甭憨想，那是後世人的大誌。走，咱兄弟仔好好散喝一杯……」

「好呀，丁財嫂在大通路口那開一間飲食部……」

「啥麼丁財嫂？丁財兄年前抓入去關，伊就開始討客兄，伊自己講伊今是黑貓仔珍，不是丁財嫂。」

黑貓珍飲食部就開在舊馬路和新開通的大馬路交叉口，算是庄內少數幾個可供在夜裡酒酣解悶的夜店。黑貓珍公開宣示拋棄三從四德古教條，一開張便引來蒼蠅蚊子滿厝間，垂涎者如過江之鯽。

這夜拜各路攤販結市，飲食部裏觥籌交錯強強滾，黑貓珍一襲花布洋裝香汗淋漓，依在油不拉機的爐灶前提刀快斬；砧板上一條豬尾溜瞬間分離成入口適中的段落，接著芫荽蔥花再帶上幾滴馨油……，黑貓珍背後牆上一紙紅底黑字，大剌剌寫著「垂涎相告」一語雙關……

「穩定仔，恁阿爸……！和派出所主管，還有王祿仔……在喝燒酒！？」

「幹，這個臭豎仔……，我看你入去切些魯菜出來，我去柑仔店提酒，等下咱在海邊埠岸相睹。」

阿不拉信步繞過店頭前一部自家用轎車，硬著頭皮走進店裡，隨手從騰放魯味的木櫥裏夾出幾樣被醬成和他膚色一般的豬的消化器官。飲食攤上的大鼎裏滾滾冒泡，加上黑貓珍嗲聲嗲氣地和客人隨性應和，酒精將每個人臉上都渲染出類似紅龜粿般的桃紅，氣氛正酣——

「阿不拉，穩仔人哩？」李文定伊阿爸。

「不知……，我……幫我阿公買燒酒菜。」

「猴死囝仔，甭黑白來……，若有睹到，叫伊快返厝睏。」

阿不拉逮到對話後的真空，丟了錢，提起那袋豬器官奔了出去。裡頭的大人大種不也是貓貓神神，喫酒不就是風花雪月，擺什麼架子罵人，幹！

這夜的月娘亮晃晃的，阿不拉快步轉進熟悉的庄內巷弄，地上成列被鑿過的青斗石，這個素顏的漁村也不知承載過幾代顛躓的步履，就連石頭上的鑿痕都被風拂成淺淺的陷壑；海風溫潤流動帶著牛糞的刺馨，阿不拉很習慣這股能挑起他嗅覺記憶的味道，卻說不上來喜歡還是不喜歡。這個窮鄉僻里有太多讓阿不拉說不出來的酸滋味，他沒有選擇餘地，被丟進來扮演一個不知何處去又不知何處可去的苦伶。他曾經詛咒，曾經笑談，看不出這條命運鎖鏈裏繁鎖的結構。除了能在通俗的流行音樂裏找到丁點可以相互對應的情感之外，對於真實的生活情態實在也只是悲上加苦，命運似乎跟他前世有關，今世的掙扎無濟於事？！

「你轉頭返去，這條路不該你走；你轉頭返去，我來替你跟伊講……？」阿不拉低聲唱著。

風從粼粼波光的海峽被推上西向的堤岸，緊鄰堤岸的內側是零星的椰樹林，分叉的樹梢仿若星辰的睫毛，篩落一地的銀光。阿不拉倏地魂一般上了堤岸，這裡沒有現代泊船的埠頭，只見三兩隻膠筏逕自零零落落在卵石灘上，遠處漁火星稀寥落。近幾年來的近海漁獲大不如前，魚訊越來越短，夜裡幾盞明滅的漁火大概也只是圖個溫飽，人喫食消化的速度遠遠超過魚蝦繁衍的速度，人、魚蝦都累了。

阿不拉的思想突然間又回到剛才那首低吟的曲調，是有誰叫他轉頭回去，要跟他說，跟誰說？他是誰呀？

「穩定仔，你是著到海憨？倒在那做啥？」

「天頂有流星……」

「好啦，快起來，恁阿爸知影咱去土祿仔那卡油……」

「幹，知就知，伊自己同款跟王祿仔收保護費，整天喝燒酒……，等下喝了若爽，黑貓仔珍一定不放伊返來……」

「恁阿爸跟黑貓仔珍……？！丁財兄不是跟恁阿爸是結拜兄弟？」

「結拜？哼，丁財兄前腳踏入監獄，黑貓珍後腳就和阮阿爸就眠床頂上去，這個賤人。頂個月，黑貓伊老母聽講喫王祿仔的藥，沒兩天就中風，阮阿爸替黑貓仔出頭，要叫王祿仔賠錢。」

「是哦……，那派出所主管在那做啥？」

「幹，你沒聽講伊是喫銅喫鐵，這次，若沒拿錢出來搓，大誌就大條囉。」

「嘿……，黑貓……和恁老父。」

「哭父！知就好，甭黑亂講，睬睬伊要跟誰人幹——來，喝啦！」

星光熠熠，同樣的星辰也同樣照亮了阿不拉隱晦的情思，他喝醉了，醉在今夜迷離的銀煉中，從堤岸上走進一場風華絕代的夢戲——

夢很遠，在他踏進這個漁村之前一步，就已經被他遺忘的，沒留下什麼蛛絲馬跡；他轉頭回去，卻不知該向誰提問？

如果真的有前世今生，世間的事人概很久以前就已經命定，像阿不拉，這個哪吒的乾兒子。

阿不拉幾個月前才從感化院回來，為了一批曝曬在堤案上的烏魚子，讓他第一次嚐到了監獄的滋味。回來的時候，手臂上多了一朵赤艷艷的牡丹花，這一朵牡丹是阿不拉挨了幾次針扎，每扎一次就必須裝病騙取消炎藥片來抑制紅腫發炎的皮膚。蜂螫般的刺痛後，他那尚未豐碩的臂膀上便鬆出一朵初苞的蓓蕾。這一朵牡丹讓他踏進被認同的圍囿，也更加接近歸屬的核心，他感到一股被維護的安全感，隸屬於相對高牆外的一種惡，個別單獨的惡匯集起來的。

烏魚子事件讓阿不拉潛到流動底層證成了非一般性的經驗，那年他十六歲。

烏魚子的原始擁有人是他阿公，阿公只不過在保成宮前面擲了幾把骰子，烏魚子便因此而易主。對方憑著幾顆正六面體所展現出來的點數就跳過出海捕魚的辛勞，這個程序令阿不拉起了很大的疑惑。他看見的是年邁阿公冒著被風浪顛覆的危險出海，好不容易碰上躲過現代漁撈作業的零星魚群，苦苦地用膠筏拖回幾簍鮮活的烏魚，整個星期的辛勞就這樣拱手讓人。阿不拉氣不過，吃了幾天的烏魚鰾後，趁著氣頭還在，便將烏魚子全部偷走。事情進行的神不知鬼不覺，卻偏偏會有人知道是阿不拉的傑作，警察第一個就找上他。

阿不拉認定，既然憑著點數的組合就可以越過中間這段苦力的付出，那麼應該也可以不需要點數，直接搬走就行了；更何況這些烏魚子本來就是他阿公所有。烏魚子兩次易主的過程都違法，卻只有阿不拉被裁定接受感化，公平正義送給他一朵赤艷艷的牡丹花，一個以資分類的印記。

夢醒來的時候，太陽就像對付烏魚子一樣對付他，將他從溫濕的胞衣裏蒸發出來。現實裏的情境和太陽的溫度相當，只有眼前的海水是清涼的……

阿不拉忽然之間又想起從未謀面的阿母，阿嬤說等阿母賺到很多錢的時候，就會回來帶他到繁華的都市去……。這一等，他從天暗等到天光，從小等到現在。現在，阿不拉沒讓這個念頭停留太久，眼前的海水才是他真正的母親，也只剩下海水能讓所有不爽快的溫度降溫，包括他酒醒之後馬上面臨思維帶給他的痛苦。海水在海平面上駝起背，近的浪脊對著他張開雙臂，阿不拉起身奔過卵石灘，一個縱身，竄進沁涼苦鹹的阿母懷裡……

「阿不拉小等一下……」

穩定仔跟上去，兩個人一前一後越過幾道浪頭，阿不拉首先登上一艘擱淺的鐵殼船，幾隻在甲板上歇息的海鳥嘎地一聲，倏地振翅而去……

「喂，日頭這艶，你無大無誌來這做啥……？嘔……」穩定仔一上船就將醸了一夜的豬尾溜都吐出來。

「穩定仔，我不想要濺在咱庄仔內……」

「你……有啥麼打算？」

「我想講……，想要找阮阿母。」

「找阿母……！？恁阿母……早跟人跑呀！」

「幹——你在黑白講啥？」

「庄……庄仔內大家在講，你不知！？」

「知影啥？」

「你阿母……」

庄內的人都知道，阿不拉是個父不詳的私生子，阿母在喧囂的都市裏最陰暗角落的綠燈戶裏執業。這個見不得人的職業被庄內外出謀生的同鄉不意撞見，一下子全庄內傳得沸沸揚揚，只有阿不拉被蒙在鼓裡：

「幹——恁父打給你死……」阿不拉瘋狂攢起拳頭。

阿不拉不能忍受長久在他想像中的聖潔被破壞殆盡，母親不就像月亮一樣嗎？那聖潔的銀煉不會出現在陰暗的暗巷裏，阿母絕對不是那些濃妝豔抹、人盡可夫的妓女，他要打爛穩定仔這張臭嘴。

強烈的情感將阿不拉的思想分裂了，一半的聲音告訴他不會是真的，另一半聲音卻將他帶進一條深灰的暗巷裏，他看見阿母全身一絲不掛地哭喊，那一團猙獰的黑影不斷重複侵略性的抽動，將阿不拉的五臟六腑都搗爛了。聲音持續了一段時日的交纏糾戰，阿不拉的活動力減少了，思想卻像海潮裏的暗湧急速流動起來，誰也不知道他為什麼突然之間變的這麼安靜。安靜讓他變的老成，他開始像庄內的老伙一樣，每天選擇一段固定的時間，到一個固定的地方坐下來，就像大部分的老人選擇到保成宮前的大樹下，讓思想找到一個出口。阿不拉的出口在濱線的堤岸上，他將憂鬱埋進海峽盡頭的海平面上，那裡有個大窟窿，可以將今天的太陽和他的憂鬱一起埋起來。只是，阿不拉一直都有一種感覺，為什麼隨著時間的消逝，他能感到的快樂卻越來越少……

阿公的漁網不知什麼原因拖回來了，直接就被掛在豬寮旁的籬笆上，也沒有拖到保成宮前為再一次的出海做預備整理及修補，玻璃球浮標上纏繞的海草顯示了阿公下一次出海的躊躇。阿公很老了，望海成為日常的固定工作，看茫昧的大海淡著古老的藍，漾著魅惑的銀粼——海變成一種感覺，越來越遠。就在落山風來的時候，感覺停了，只剩直幅下垂的旗旛迎著冷冽的風向，在那一坏新起的黃土塚上揚著：

「阿嬤，我……想要出去找頭路。」

「找頭路？嗯……，好，查脯囝仔愛會曉掌志，你去，咱這庄腳所在沒出脫。」

「我會常常返來……」

「你免煩惱我，恁公仔留下來那區田呼別人去種，加減有收成……，對啦，咱庄內那個木春仔聽講在台北開修理廠，做黑手應該也有出路。」

「阿嬤，我自己會想辦法，你放心……，我會寄錢返來。」

「你免煩惱阿嬤，有錢愛攢起來，阿嬤會去保成宮幫爾點光明燈，咱愛靠神明的保庇，愛虔誠，你的前途才會光明。」

保成宮的香火就靠那一盞盞可以填上姓名的神燈延續著。神棍看准了信徒對於未知的恐懼，加上自然法則容易被附會各種怪力亂神的說法，太多來自冥冥中人們無法抗拒的力量，阿嬤只能加深對神明虔誠的供養，以便擁有更大的信念來掌握未知的命運。至少一盞神燈就是一個希望，一種被普遍認同的供需關係，點了神燈就可以得到神明的庇佑。在阿嬤的理解中，只要燈數越多，神明給予的關照就越多，就像今年奉獻最多的金發伯，不僅得到爐主的神敕，就連從小長著癲痢的兒子今年都考上了大學，誰敢說這種供需關係在冥冥之中沒有實際的效用──

「阿嬤，保成宮……」

「本來恁公仔要將那區田捐出去起廟，這多年來應該是要輪到咱做一次爐主，誰知金發伯堅持要做，原來是為著伊那個臭頭仔要考狀元，聽講考到啥麼法律系……講以後要去官府做大人。」

「阿嬤，田，不行捐……」

「放心——阿嬤等你返來娶媳婦。」

阿不拉對於這種供需關係沒有信心，保成宮裏的神燈只不過是宮裏的主事斂財的工具，甚至於神明的附身也都是人為操縱的結果，近似一種集體催眠的作用。阿不拉被主事賦予串通附和的任務，並開始學著起乩，事後都會有酬勞可拿；宮裏的運作阿不拉看在眼裡不能拆穿，因為他是哪吒的乾兒子。金發伯的囝仔考上大學和保成宮根本沒有關係，這點阿不拉可以確定，至於將來會不會到官府做大人和神燈也沒有關係，那些神燈不過是通了電的燈泡，不可能保證命運一定光明。保成宮押了所有人都幸運亨通的寶，只要其中有人得以順遂，光明燈的神效就得到了印證。

想到金發伯的兒子臭頭仔昆宗，阿不拉心裡就不是滋味。昆宗除了會讀冊之外，才長過一次頭癬，臭頭的渾號就被一直叫到現在。阿不拉和他是國小同班同學，同窗的情誼是臭頭仔飯包裏的三層肉不知被阿不拉硬拗了多少，一直到國中為止，仍是遠遠的看見阿不拉就快速逃走。這六年的三層肉阿不拉吃的理直氣壯，為什麼平平是人，臭頭仔的飯包裏盡是鴨腿和三層肉，阿不拉不是鹹魚頭就是鹹魚尾，連魚中塊都很少吃到。要在飯包找到老師說的公平，那就是一半鹹魚頭換半支鴨腿，萬一臭頭仔有什麼意見，這個公平就需要一點蠻力來實踐。

現在，臭頭仔考上大學，像是應了朱洪武的傳奇故事，鹹魚翻身的是臭頭仔昆宗，不是阿不拉神燈。

落山風走的時候，留下了滿地的金黃色洋蔥，只有在落山風的故鄉才足以孕育出這樣飽滿渾圓的洋蔥頭。收成後的田野，蔓延著整片枯黃，晦暗的色澤和村莊的灰樸更為貼近——天老地荒，日頭每天早晚東出西下，循著既定的路線往返，窮鄉上空持續了一陣子的荒晴，阿不拉開始尋找前進都市的路標。

這一季的收成讓阿不拉有了啟程翺翔的盤纏。為了離開這個窮鄉僻里，他和穩定仔在農產品集散場足足熬了兩個月的苦力，把甲級品等的扛上貨櫃，次級的讓內地卡車載走。阿不拉心想，明年這個時候，他不會再待在這個鳥不生蛋的地方，等在前面的未知就可以揭曉。可以肯定的是，他不再當這裡的苦力，阿嬤說神燈會顯靈——阿不拉神燈。

「龍吉，這是玉皇大帝降旨的神咒，放在身軀邊。這杯符水喝下去，保庇你平安順事，囝仔人不行鐵齒。明透早，福生伯要載豬仔去枋寮，阿嬤拜託伊順剎渡你去火車頭……還有……阿嬤的佛珠你掛去，這是圓東庵的佛祖加持過的。」

夜很靜了，那一輪銀月在無星的夜晚顯出一種難以陳述的孤寂，風吹得輕，便成了一種撫慰——在斷垣殘牆的街頭巷尾徐徐穿梭，像個溫婉的母親安撫受傷的孩子。

阿不拉輕輕地帶上木門，悄悄走進被渲染得詭謐淡紫的夜煉裏，遠處的犬吠聲像是近處老人收音機裏的背景音效，分不出現實還是虛擬。他悄悄地走上堤防，堤岸上碎裂的米酒空瓶映著銀粼的月光，赤裸的尖銳等著要被風化成圓潤透光的紫水晶，就像海潮拍岸的力量，可以將激凸的濱線流理出順服的弧線，大自然有它恆常無限的力量。阿不拉拾起另一塊已經失去尖銳的玻璃瓶底，一塊厚實的瓶底，它的價值早就沒有俗世覬覦的實用，卻在平靜無奇的海岸線上閃著平常的輝光，一塊自然天成的藝術珍品——像阿嬤的樣子，有恆常聖潔的亮度。

明天這個時候，同樣的月亮，會在城市上空亮著，在阿不拉所在的天頂——

漁村透早的素顏，向來是從福生伯駛著那部拼裝的小貨車噗拉拉穿越舊街開始的，一路咕嚕出茫煙散霧，挾著豬仔尖哮淒厲的叫聲。豬仔是預備投胎去的，牠急著在晨曦尚未收拾黑暗的時刻，看清輪迴來去的路。阿嬤爐灶上一隻煮沸過的番鴨，早早被剁成身塊腿翅，合著蒸騰的熱氣在侷迫的灶腳裏散著濃烈的鴨肉香，加上一大碗公淋了淡黃色鴨油的麵線，阿不拉和穩定仔都吃撐了。

「乖孫哦，要會記，查脯囝仔要掌志，阿嬤等你返來娶媳婦，若安頓好，打電話返來報平安。對啦，阿嬤的手環帶著，萬不一若急用……」阿嬤掏出僅有值錢的東西。

阿嬤急急翻開上衣下擺，從纏腰的花布囊裏探出一只金手鐲。對於這個從小被棄養的孩子，阿嬤一直都是這樣視如己出，即使沒有半點血緣關係，至少眼前這個孩子身體裏流的血液，都是阿嬤的鹹魚、米麩換來的。烏魚子事件不過是這個孩子看不慣阿公被訛詐，為了伸張他自己的邏輯正義而犯下可以理解的罪行，阿嬤很有理由不去怪罪。至於阿不拉不會讀冊，阿嬤心想如果每個人都會讀冊，那麼誰來捕魚耕種，誰來像福生伯一樣每天與豬為伍：

「阿嬤……」

「好啦，福生伯在等，快去，神明會保庇。」

阿不拉和穩定仔跳上福生伯的貨車前座，天頂的顏色才滲出一點點灰，噗啦啦的前進節奏緊跟著噴出急行的號角，一襲襲茫茫的白紗輕舞由濃而淡，輕輕地覆住舊街兩旁方酣的古厝，太陽才慢慢地張開了眼睛。

是該走的時候了，阿不拉卻起了萬般不捨的矛盾情感，他有完全的理由說服自己留下來，阿嬤老了，阿公的膠筏也餓死在堤岸前的卵石灘上，他實在應該試著將那張漁網重新攤開——也許，希望還在裡面。阿不拉記起他的幾個國小同學，他們大多到城市裡去了，他們的志願不是總統就是醫生，和阿不拉一樣——只是，現實情況不一樣。臭頭仔去年走的時候，伊阿爸租來一部漂亮的紅色轎車，風風光光地載著他到保成宮上香，還有意無意在舊街上來回開了幾趟，收集了無數欣羨的目光之後才揚揚地朝北駛去。

是該走的時候了，阿不拉搭上福生伯的豬仔車，像是趁天還沒亮逃走似地；人比人氣死人，阿不拉只能怪自己不會讀冊……

「幹！」

「你哆啥？」

「幹——臭頭仔！」

「啥麼？」

「幹……臭頭仔洪武君要做皇帝啦！你是——臭耳聾哦！」

車行的速度極快，福生伯滿嘴包葉檳榔大口啖著，快速將頭一偏——噗一聲，血紅的檳榔汁像乩童嘴裡噴出摻了米酒的雞血，嚇得神鬼各自讓路。風呼呼地撲來，豬仔也好，阿不拉也好，窗外掠過去的已是命定，而未知的命運沿著濱線帶著幾分專橫等在前面，荒誕地要一一做出判決。

阿不拉下意識低頭望了一下，那只神明的符咒正懸在他的胸前，一種無聲的安定樂音迴盪著。枋寮就要到了，豬仔的命運該到了盡頭，只是阿不拉的還沒有，火車會一直將他帶往另一個更大的城市聚落，他感到躊躇。

阿不拉神燈在保成宮裏亮了起來……

第三篇　奪路菅芒

太陽是老的，城市也顯得半舊不新。

這顆古老的太陽能見度很高，有穩定的秩序和情緒，才冒出山頭，也沒急著脫序表現輝赫陽剛的父親本質，只是先透出童顏一般的腮紅，就像童靈裏最無邪的憨笑，讓所有的影子都拉出最酣放的長度——倒在城市母親的懷裏。

一幅巨大的影子，被斜斜放倒在城市中央一條最寬敞的馬路上，巨幅的暗影被筆直類似仿古代日晷的高聳建築遮映出來，暗影同時為太陽標示了西去的走向。這個城市以同心圓模式向外擴張繁榮的意志，這樣的意志無可避免更大的陰暗亦步亦趨；陰暗並非太陽製造出來，而是繁榮有時候必須躲避陽光。

阿不拉終於看見世井俗眾的虛華蜃樓，這場夢戲，開始就有似曾相識的感覺，像千百年前曾經有過的記憶。虛擬是必須的，因為虛擬是蜃樓的主體架構，這座城市的遊戲規則像是被罩上黑布的電腦，弔唁著因人心擴張而樓高四起的海市。這裡的繁榮和黑暗是絕對齊頭並進，其實就是城市人心意志的結果，像從筆直高聳的大樓頂層望去，那成零星分佈在沙洲上的鐵皮屋頂——太陽同時照耀，而陰暗就在那裡。

沙洲上四處散置著建築廢料、報廢輪胎，所有文明遺棄的殘渣廢料都成了次文明的顯著地標，環伺在鐵皮屋頂四周等著流動底層將最後一道營養濾乾，剩下的連夜燒掉。來自於物質不滅的定理，所有掠自於地球的還給地球，來自於空氣的通通變成毒氣排回去，這就是文明的手段，次文明報復文明的方法。富人愈富，貧人愈貧，貧富的對抗就像沙洲上的菅芒和城市爭奪土地一樣——理性的方法已經不敷使用，因為菅芒早早被驅離了繁榮的核心，它有必要找到表達意志的方式和權力。

對於沒有被敷上柏油水泥的零星土地，阿不拉和菅芒一樣虎視眈眈，在貧瘠的土地上要使勁紮根盤住泥土，只要城市鬆出一點點輪替繁榮的荒蕪，那裡就會有一個符合程序正義的公平起點：

「阿不拉，這些阿魯米罐仔後禮拜再處理，先下班囉。」

「好啦，贌不多，先處理起來」

「你莫這憨，做人的新勞，時間就是錢，你多做，伊也不多算錢給你……」

「知啦……」

阿不拉熟練地操作堆高機上的幾根鐵桿，將地上已經壓縮成塊狀的各種鋁罐堆疊起來。

廢棄物回收處理的工作緩和了文明和環境的衝突，但這並非促使阿不拉來這裡工作的原始想法，而是這份隸屬於階級概念中所謂的拾荒工作，根本上已經是職業有分貴賤的工作，就是分配給社會階級中的低級，那些被繁榮拋棄的一群，在智識程度上無法趕上文明腳步的人與垃圾。

繁榮是一段尋找泥土的過程，文明從泥土裏提煉出各種幫助行動加快的元素，讓各種速率堤高，讓行動驅趕繁榮的步伐，是拾荒的濫觴，阿不拉每天都要面對排山倒海而來的城市垃圾。

阿不拉很快地讓工作告一個段落，每天太陽落山的時候都是他最為疲累的時候，也是情緒最為放鬆的時候，他會沿著回收場前面一段沒鋪上柏油的碎石路，彎彎曲曲繞過成片菅芒，和穩定仔一起爬上那道隔開城市和沙洲的堤防。堤防給他一種比較安定的情緒，讓他可以回想海風吹拂的日子，順便看太陽如何能夠掉進盆地遠處的緩山，山的那一頭應該會有他熟悉的大海：

「你看，今的日頭真水，親像咱故鄉天要光的時，日頭應該永遠停在那……」阿不拉看呆了。

「停在那？你當作電視壞去……，若有一天日頭真正停在那，那粒山就是火焰山，咱進無路，退無步，死呀！你——還有心情看風景？！」

「哪會無？你整天哀哀嘖嘖，日子有這歹過嗎？阮阿嬤有講，日子一光一暗真快就會過去。」

「實在講，若要在這整天和笨圾逗陣，恁父甘願返去扛蔥頭，幹！賺無兩銑錢，做到要死要活。」穩定仔固定要發牢騷。

「哎……我知影你在想啥，我跟你講，若爬愈高，摔落來是愈痛。」

「啥麼意思？」

「啥麼意思？意思就是咱一趟路遠落落來這，若要返去……車錢是較貴！」

「幹你娘——車錢貴就講車錢貴，講啥麼摔落來會痛，平平沒讀冊，講話免繞來繞去。」

阿不拉拾起一顆破裂的鵝卵石，朝長的密集的菅芒叢奮力擲去，幾隻受到驚嚇的暮鳩倏地振翅朝粼粼波光的沙洲掠去。日頭的鋒芒被遠處的山巒隱去一半，沙洲上泛著輕微金色的波光，阿不拉將視線停在成片的菅芒上，收集了成片的嫩綠：

「穩定仔，你看那些菅芒。」

「怎樣？」

「我是感覺……，咱人就親像菅芒同款。」

「喂——你今是喫不對藥？歹年冬厚瘋人，恁父要做人，也不要做草，幹！」

穩定仔有點惱了，想不透阿不拉今天是哪顆螺絲沒有旋緊，好端端的人不做，要做菅芒！？生活已經夠疲累，除了每天千篇一律的工作內容，還要看頭家人的臉色。這個頭家擺明了就是喫人夠夠，一副看穿阿不拉的階級地位，這裡的工作由廢人來處理廢物是再恰當不過了。至於阿不拉經常望的出神的城市樓高，裡頭坐的都是讀冊人——歪嘴雞別想喫好米，空思妄想！

「阿不拉，你有感覺咱斜對面那間工廠怪怪？」

「怪怪？我不知哩。」

「常常有真多高級車駛入去……，入去就不曾駛出來。幹——有時候三更半眠那電鋸仔聲親像在殺豬。」

「那不是在處理歹銅爛鐵的工場嗎？」

「表面是，我看其中必有因故……，喂，你看，有車來呀。」兩個人一起將視線投向沙洲上那條唯一可供進出的碎石路上。

日頭已經落山，城市炫豔的霓虹對比著沙洲上還未歇息的狂瀾，幾處鐵皮屋都亮起了最平價的照明燈具。沿著堤防的這一段碎石路上來了一部高級房車，頭燈引領著飛撲而起的薄塵，從容地轉過堤防前一處疾迴的髮夾彎，緊緊停在穩定仔覺得納悶的那家工廠前，擠出幾次僵硬的喇叭聲。

「這台車和這個所在真沒速配……？」穩定仔狐疑著。

「哎——你想尚多，不一定那是頭家人的車。嘿——你和見笑花同款，有夠敏感。」

「免諍——咱過去看伊的盧山真面目。」

穩定仔先是走下堤防，阿不拉抿著嘴唇跟上去，兩人一路越過漫生的牽牛花籐，藉著才燃起的月光，窸窸窣窣拖動了滿腹窺覬的狐疑詭謐。

「噓……，蹲落來，我踩你的肩胛骨。」穩定仔說。

捱著水泥板牆上去，再透過牆頭上叢生的籐蔓間隙，穩定仔清楚看到剛剛那部嶄新的進口房車，車身閃著銀亮亮的漆光，車頭上一朵吉利大紅花還在。

「是看有無？頭前有車來呀！」阿不拉催促著。

「卡小聲咧，蹲落來，換你。」

又開進去一部嶄新的同款車型，之前進去那一部已經有幾個年輕工人圍攏上去，開始將引擎蓋、行李箱蓋和車門卸下來，一連串氣動工具發出啪噠噠快速進氣的制動聲，看起來一點都不像是一般修車的程序。接著第一部汽車的引擎從引擎室裏被吊出來，熟練的拆卸動作在短時間內快速完成解體，前前後後共有四部汽車在這天晚上被送進墳場。

「幹伊娘，真么壽骨，好好的車，三兩分鐘就離離落落……」

「噓……，不是你的車，你幹譙啥？走啦！」

星星同時間照著繁榮與黑暗，在星光燦爛的夜晚，一場對抗規範的迤邐依著菅芒的掩護在城市邊緣蟄著。夜的沉靜對比了人心的浮動，阿不拉一直保持他的好奇和敏感，這是他必要的官能，也是他在除去對文字判讀的能力之後，一種僅存接收訊息的方式。他努力推理才剛剛發現的事件，這裡四處散置的報廢車體不過是障眼的撇步，看似收集破銅爛鐵的工場，其實隱藏了大量堪用的零組件，來源就是那些幾乎全新被解體的汽車。

「這些車來路不明……」阿不拉顯得後知後覺。

「那全部是賊仔車，這是殺肉場，你看無？！」

「你娘……，真殘，做這無本的生意。」

「你算看，一天若殺五隻，一個月就百多隻，賺錢若在舀水，莫怪那幾個黑手仔每天駛汽車上班。」

「駛汽車？」

「是呀，你知影人一個月賺幾多？」

「不知……」

「幹——聽講十幾萬！」

這個數目讓阿不拉嚇死了，他看看自己一身勞的像隻土牛，手上的硬繭，指甲像老牛龜裂的粗蹄，一天工資不過才六百元。這十幾萬怎麼來的？天上掉下來的？如果真的是這樣，天公伯未免太不公平，何況他還是太子爺的乾兒子。阿不拉心底起了一陣莫名的情感帶著無法避免的嫉妒，來自於一處既隱晦又複雜的精神感知，是一種可以誘發他朝某個方向行動的無形力量。

這個力量隨著城市五顏六色的表面現象，驅動了阿不拉內在一股強烈的超越意圖。阿不拉無法釐清過於龐雜的概念，對於金錢和物質之間的微妙及直接的關係也沒有什麼親驗的理解，但剛剛那個超越的信念感知就簡單多了。有了錢就可以滿足對等的物質慾望，超越沒錢的痛苦，可以立刻跳脫眼前的拾荒生活，可以開著類似剛才瞥見的漂亮汽車，直接回到保成宮前的廣場和那條熟悉的舊街——那麼，所有來自於外在的問題和內在的掙扎就通通迎刃而解，解決的方式明顯地就是要有錢。

「穩定仔，那台車要幾百萬？」

「聽講要四、五百萬。」

「講啥麼玩笑，咱若是不吃不穿，也要二十年才買有一台。」

才剛剛浮現的念頭，好像馬上又變成沒有實現可能的幻想，為什麼這個城市所帶給阿不拉的感覺都像是染了七彩油亮的氣泡，風一吹就爆了。這個信念似乎只是包含了較高的可能，卻沒有完全的必然，就像阿不拉小時候看阿公出海捕魚一樣，回來時的臉色多半又是烏雲又是霧，阿公完全沒有信心。

現在，阿不拉已經有了烏魚存在的經驗，接下去就等實際的捕魚經驗，他希望能從中找到一個屬於完全必然的值。

阿不拉對於數字的念頭每一分鐘都在增長，他可以運用最簡易的加法將數字一直累積，達到那個完全必然的值。只是在累積的過程中，時間顯然是一個非常關鍵的肇因，如果時間太過於冗長，他勢必又要感到意興闌珊而放棄行動。最確切的問題已經有了答案，那就是縮短等待期望實現過程的時間。

時間有前進的特質，阿不拉繼續頂著白天躁進的氣溫前進，當他不意間看見沙洲上鬆出第一枝菅芒花時，他的心情一樣搖曳。那一種無法解釋的愉悅正綻放，他忽然覺得可以活下去是因為期望即使不是那麼完全必然，但實現的可能還是有的，時間的問題而已——何況，未來一直在逼進當中。

這家解體車廠明顯是在從事犯罪的勾當，阿不拉不能理解為什麼他們無視於法律的規範和制裁，難道坐牢沒什麼好害怕的？被監禁的滋味阿不拉嚐過了，絕對不是什麼值得留戀的滋味，那裡頭被沉澱了自由，他嚐一次就怕了。

「穩定仔，這幾天對面沒啥麼動靜？」

「怎樣無，昨暗載整拖拉庫的零件出去。」

「幹伊娘——啊伊不驚抓入去關……」

「驚啥？人早就算好，殘殘拼幾次，若夕運，出來再拼，卡贏在賺那一萬二萬。」

這個邏輯有趣了，有加法也有減法，但這種加法有倍數成長的快感，即使必須減去入獄的代價，等號後面似乎仍舊會有誘人的數字出現，何況還不一定會用到減法，如果可以避開法律規範的干預，避開付出入獄的代價，那個期望值好像可以預期。只要仿效配備各種高科技的現代漁撈作業，豐收應該可以預期，誰說天有不測之風雲？

沙洲上的秋天濃了，讓原本就顯得殘喘的濕地更形乾涸，似乎是上一季的沸騰才過，便讓一切都過氣。生命的價值與熱情每每在四季的情緒中變換隊形，日出與日落也分別在時間的引領下揮灑人心的意象，在每個事件中畫出一道勻稱的弧線，裡面會有一個高點。

阿不拉心裏也有一個高點，拖著尾絮，被城市虛華的霓虹所吸引，流動著。

中秋節過去，阿不拉沒有實踐和阿媽的約定回去團圓，他口袋裡沒有足夠炫耀的鈔票。即使回去，那個圓一樣會有瑕疵。他想念阿母，但只能憑空想像而不是想念，記憶中完全沒有任何具象的線索供他拼湊母親的輪廓。中秋節這天，沙洲堤防上一夕之間熱鬧起來，不知道是誰規定，月圓必須人團圓，那一團團圍聚的歡鬧竟讓阿不拉起了一股酸澀又很難稀釋的想念，他看見一個小男孩膩在媽媽的懷裡唱歌：「母親像月亮一樣……」，突然之間想念就變成了忌妒，像沖天炮一樣，炸開了風織的夜衣。這一夜，他非常努力模擬繾綣在母親懷裡的感覺，一不小心就醉了……

秋天很快在沙洲上退去一貫的中間立場，冬天帶著侵略的北風呼嘯而來，所有能留下來的，大概就剩下幾個和阿不拉一樣的人和菅芒。回收場裏的工作沒有減少，廢棄物隨著繁榮只有增加的趨勢，甚至許多仍舊堪用的東西都會被送進來——廢棄的定義不再是報廢不堪使用，而是不再喜歡的東西就已經達到廢棄的標準，這個標準就和裁判社會正義一樣，在監獄裡面被監禁的不是犯人——而是，社會不要的人！

「阿不拉，對面那個頭家說要請吃尾牙，要去否？」

「咱頭家不要請嗎？」

「伊講景氣歹，等市政府若請，叫咱自己去吃。」

「幹伊娘，伊將咱當作流浪漢……」

「睬睬伊，咱來去對面，那個頭家真正不錯，不像咱頭家這刻薄。」

「話講回來……，伊做的是無本生意，當然是卡阿沙力。」阿不拉反而清醒。

「我跟你講，今的社會是看你有錢沒錢，不是看你怎樣賺錢！」穩定仔說。

阿不拉勉強理解，就像他小時候算數學一樣，老師是根據答案給分數，而不會過問這個答案是用腦袋還是手指頭加腳指頭算出來的，何況老師從來都不知道阿不拉的答案是靠眼睛瞄來的，阿不拉也不會告訴老師這個答案其實來自不勞而獲——穩定仔講的一點不錯，重點在於有錢沒錢，而不是錢從哪裡來。

一場場歡宴在濃冬蕭索的氛圍裏硬撐出幾支嫩綠的春筍，尾牙提供了勞資雙方在長期的對立下，一次破鏡重圓的機會。

沙洲上的尾牙沒有類似大公司的落拓招搖，卻也一樣吃得飛揚跋扈，酒酣耳熱帶著酒精濃度的風發意氣，觥籌交錯之間膨脹的酒話，都趁勢循著東北季風的掩護，走進了這齣虛情的單元劇——

阿不拉不是很醉，站在這一圈虛情的最外圍警戒著，這家車廠的頭家幾次吆喝阿不拉乾杯，幾個年輕師傅也爭相敬酒。頭家應該就要這個樣子，該計較的時候不能計較，不該計較的時候是絕對不能計較，看來這裡的勞資關係融洽：

「阿不拉……，咱是同故鄉的，你知嗎？」頭家突然問。

「同鄉……？」阿不拉不明究裡。

「是呀，你是不是銀春姑伊孫？」

「銀春姑是我阿嬤……你哪會知？」

「嘿……我識你的時候，你還在吮奶嘴哩。庄仔內，人叫我木春仔，在這，人叫我黑手仔春。」

「喔，你就是木春仔……，木春兄，阮阿嬤曾講到你。」

「是哦，哈……，阿不拉，來，不醉不歸。」

這個矮胖黝黑的頭家原來是自己的同鄉，阿不拉很快解除了防禦的武裝，緊緊抓住彼此躊躇的鄉音，像是在人情浮薄的城市裏看見了親人，原本寒蟬的鄉愁一下子猖狂起來。

「阿不拉，木春兄……我……真歡喜，有這些兄弟仔在這逗三工，今年一定是豐收的一年，我……木春仔在這，你免煩惱……，來，呼乾……」氣氛持續加溫。

「木春兄，我……」阿不拉酒精濃度已經飽和。

「我是一定會照顧你，等下……坐我的車，咱繼續再喝。」

續攤就是要延續情感，情感的高點是一條橡皮筋所能延展的最極限長度，每個人都保有原始的好奇，想看看誰的橡皮筋最長，看看誰的情感耐力不夠。

阿不拉今夜的情感斷線了，抵達一個沒有感知和現實失聯的世界，他不知道究竟續了幾攤，醒來的時候已經被拋回沙洲上的鐵皮屋裏。褲袋裏鼓鼓一疊鈔票讓他一陣驚惶，這不會是天上掉下來的……

是那個矮胖的頭家，那個同鄉的木春仔——是沒錯，他慢慢地回想起來，先是坐上木春仔那部漂亮的汽車，而且開始幻想自己開著這部車回保成宮，接著……去到一個夢幻般的類似皇宮裡面，他看見木春仔口袋裡有掏不完的錢，還有好幾個妖艷的女人纏在一旁拱著，然後……就不清不楚。

阿不拉起身後的第一件事情先是找到了木春仔，誰知天底下有沒有白吃的午餐，如果有，阿不拉會不會是遇上了貴人？如果沒有，這樣吃吃喝喝又拿錢就讓他心神不寧：

「喔，這些錢，你跟穩定仔先拿去買些衫褲，後個月開始來這上班……，阿不拉，賺錢要靠頭殼——若無，啥麼時候才會出頭天？」

「嗯……我知，我……想講再考慮一下。」

「考慮？！你是驚我虧待你是不？」

「哦，木春兄，你誤會啦，我……」

「阿不拉，查脯人卡阿沙力一點……，你考慮清楚，我隨時等你……」

木春仔的話也不是沒有道理，如果端看阿不拉目前的工作內容和人力的代價，他實在無法找到一個能與他內心想望可供對應的點，他猶豫起來。是不是要繼續「憨做」下去變成了撒旦和天使爭鬥的問題，這是一場邪惡和良善的拉力賽，他一邊看見自己穿著和木春仔同款的西裝，開著那部炫眼的名車回保成宮前，一邊又看見另一個自己被丟進高牆裡面，在胸前編了一個號碼。

「穩定仔，你看要去木春兄那嗎？」

「多講，你那天醉也，木春兄講咱若去，拆一台三千，而且……」

「三千！？一天若三台就要整萬！」

阿不拉突然之間想起了阿嬤的話，阿嬤說他是大隻雞慢啼，賺錢的事免急，將來鐵定有一片江山，保成宮的光明燈會一直有他的名字——沒錯，他就是這隻大隻雞，啼與不啼，早啼還是慢啼，卻不是保成宮在決定的事情。既然命定中一定會啼，阿不拉不想再當苦勞了。

去了，哪吒的乾兒子。木春仔講的沒錯，台灣錢到處都是，賺錢要靠頭殼，否則就準備做一世人苦勞！

「咱啥麼時候要去？」

「這兩天若領錢就走人。」

「好，穩定仔，咱今就是大隻雞，大隻雞要啼囉。」

「你在講啥麼雞？」

「大隻雞！」

時間有它一定的特質和量，大器晚成需要經過時間的琢磨，這隻大隻雞無法將咫尺的繁華視而不見，牠想略過一段黎明前的黑暗，直接跳進堆滿糧秣的穀倉。

第一天上工，阿不拉學著使用那些快速的氣動工具，在兩名黑手師傅的主控下，當天就連續拆解了兩部嶄新的汽車。肢解實在要比組裝容易得多，氣動工具快速旋轉的聲音緊緊咬住阿不拉心裏那根驅動慾望的軸，也帶來亢奮的情緒。阿不拉對於這種累積快速的加法感到莫名的興奮，幾天都是幻想，都在累計他的人生加法：

「阿不拉，來，這是頭家交代要給你的工資，五天算一次錢。」

「歹勢……」

「歹勢啥？對啦，明在上班卡早來這，你可能要出差，穿卡整齊一點。」

「出差？穿整齊？不是要做工嗎……？」

幾張握在手裡的鈔票讓阿不拉傾向配合的態度，問也是白問，重點不在於做什麼，而是鈔票。

木春仔能洞察人心的弱點，十年前他來到這個城市的時候，一樣是張白紙，十年後他學會了這個城市的人心。城市的人心把荒蕪變成繁榮，從無生有，從樸實到浮華，期間的過程陷阱密佈。人心就是覆蓋著掩體的獸夾，會不會踏進去也不是意志可以左右，任何人都無可避免要掉進去看看。

這一夜，阿不拉睡的安穩，十幾張仟元大鈔熱烘烘地壓在枕頭下面，彷彿被一條巨大帶著鈔票圖騰的舌頭舐起，味蕾突起豐稔的顆粒將他暖暖地裹著，一夜酣睡。

隔天臨上工前，阿不拉試著將兩件新買的襯衫都穿過一遍，最後是抱著穿了這件就得放棄那件的一點點失落，選了有一整條飛龍攀附在前胸的花襯衣。這件襯衣要價將近十張仟元大鈔，是木春仔帶著他和穩定仔去買的，這種天價的衣服在於他來說是一種全然的夢幻，和他面對的現實有一段距離。就在他親驗了這件襯衣的質感之後，那一種從抽象慾望中掙脫成實現後的具體滿足久久縈繞，一種實現的虛榮與滿足：

「穩定仔，今要做啥？」

「聽講這幾天沒工作，木春兄招一些朋友要來博局。」

「咱要做啥？」

「罩水呀。」穩定仔意思把風。

把風的工作比拿氣動工具更簡單，阿不拉負責在堤防上放哨，只要賭局開始，任何人車一接近便馬上以無線電通報。他和穩定仔輪流到場子裡遞茶送水，其餘的時間就在堤防上監看。木春仔所謂的靠頭殼賺錢大概就是賭錢吧，說穿了也就是烏魚子事件的翻版，正六面體的點數遊戲暴露了人心一致的貪婪，阿不拉心理變動出某種奇妙的猶豫矛盾，有點像是在數落襯衣上那條騰空而起的飛龍。

場子裡臨界了沸點，貪執和妄想滾泡一夜，阿不拉看在眼裡，輕易在清醒和瘋狂之間察覺出兩點之間一段最短的直線距離，是貧富間的差距，是阿不拉從望星的堤防上回到場子裡渾濁人心的距離，是理性和感性之間存在的某種手段。骰子在短時間內重新分配財富，從有到沒有，從沒有到有，時間在這裡被濃縮成一杯特調的黃蓮水，每個人臉上都揪出僵持不下的掠奪本質——誰都想一夕致富！

當阿不拉再一次走回沉靜的堤防上，除了非凡熱烈的蟲鳴聲，那星辰玄邈的高度，淡色月暈將銀亮的月娘圈出靜謐的氣圍，一種繁雜的概念在運作，試圖沉澱玩世不恭的各種人心。阿不拉踱著步子，忖度場子裡那一場延宕的詭譎，人心貪婪的本質就在於突破規範的藩籬，只要不受到干預，任何人都可以提前封王。就像場子裡幾個贏家捧著投機而來的鈔票，毫不掩飾不勞而獲的賊喜，手腕上的金錶愈發魅惑的流光。

成功的定義會是什麼？只要口袋裡有隨時可用的鈔票就是了，加上華衣美食、汽車名錶、醇酒美人……，阿不拉理解。這裡明顯有一條捷徑，不需要關說，不需要任何人事學歷背景，足以提供給繁榮底層一個敗部復活的機會，而且所需程序時間極短。

「阿不拉，收工了……」無線電傳來咭咭喳喳的呼聲。

財富重新分配妥當，天空冉冉變換著顏色，大自然的律則不會因人心而改變，而人心確圖謀改變自然，這一場人心企圖透視進而掌握機率的大戰其實徒勞無功，連晨曦都笑了。城市現象帶領著阿不拉的思想，在意志形成之前就先佔領了印象和觀念，除了投機別無他物。

阿不拉變了，落山風變成了遙遠的記憶，只在深夜裏低迴。為了前進都市，為了縮短從無到有的截距，他開始傾向對菅芒的相信，只有不斷的掠奪土地，才有可能和繁榮並存。社會框架是財富地位建構下的門檻，有錢就可以得到別人的景仰，就像木春仔一樣，到處有人喊他春董，而且還當上里長，不會有人計較他的錢哪裡來的。

沙洲上的繁榮要靠暗夜的掩護，黑暗是為了逃避陽光的透析，聽說這裡的汽車修理廠不做壞事的是少之又少。這裡的繁榮見光死，只能等在城市的夜裏進行，夜行性動物大約就是為了躲避文明的追殺而遁形於黑夜，阿不拉是在變成貓頭鷹之前就被太陽先淘汰掉了。

「你知影師傅人牽一台車要多久？」

「十分鍾要吧。」

「十分鍾！十分鐘警察已經來呀！我跟你講，免一分鐘，而且一支鐵尺就有夠呀。」

「一支鐵尺？！」

「我沒騙你，一支角尺就有夠，車牽返回咱這，一台三萬。」

「三萬！幹，一個月免多，十台就三十萬。」阿不拉的加法又來了。

「對啊，咱賺三千是賺，人賺三萬也是賺，若是你，你要賺三千還是三萬？」穩定仔嘟噥著。

「多講——不過，也是要有一把功夫。」阿不拉也故做矜持，希望穩定仔將彼此心裏的主張說出來。

「功夫簡單，問題是敢不敢？要偷牽車，心臟要大粒。」

「你的心臟親像牛，不敢是騙人……」阿不拉鼓動穩定仔，也是鼓動自己，他心裡一直惦記著昨天晚上在場子裏一不小心起的念頭，這個念頭害他輸了十幾萬。

菅芒必須自己拓殖土地，要像奪路的盜匪一樣選擇人煙罕至的地方紮根，人煙稠密的地方容易被剷除。阿不拉第一次興起與法律對抗的意識其實並非對抗，而是來自一種不勞而獲的信念，這種信念雖不具有完全的必然，但還是有某種較高的可能來發動他行動，只是他有點曲解了菅芒的意志。

阿不拉決定開始行動，腎上腺素旺盛起來，肌肉因刺激而顯得僵硬，他有點害怕，抖顫著將電源導向啟動馬達，接著便從幻境中將虛幻實現，直接把車開上馬路。有錢人的汽車開起來一點聲音也沒有，真皮坐椅的氣味區分了品味中的階級，阿不拉在大馬路上多繞了幾圈，將親驗的歷程記憶下來，並刻意將手肘掛在車窗上，硬生生地裝出一副車子就是他的那種逍遙。他開始喜歡上這次經驗帶給他從所未有的快感，從無到有，時間不會太長。

繁榮的動力大部分來自人心最隱晦的嫉妒，是惡的一種最原始存在狀態，阿不拉沒有能力抑制這種狀態在心裡擴張，眼看牠壯大起來，變成一隻猙獰的獸。

阿不拉順應嫉妒所帶來的要求，每天都要設法滿足無法滿足的慾望，他變的喜歡幻想，喜歡由瞋恨來引導行動，也漸漸地習慣了讓各種負面的情感來支配意志。他無法忍受別人有錢他沒有，就像小時後很難忍受臭頭仔昆宗的便當一樣。

阿不拉很少再到堤防上閒坐遐想，城市暗夜的霓虹吸引了他全部目光的焦距，他忘記日頭升起和落山時煜耀的光芒，他的步伐在城市燈影下顯得踉蹌凌亂，但卻贏得虛華給予的掌聲，掌聲裏多的是陰柔諂媚的嬌嗔。那裡有千百條嗜血的蛭，要藉著黑夜吸光色男的血，其實也是具備了精算能力的吃角子老虎，要訛詐心甘情願的恩客。有了異性的嬌嗔，阿不拉的行動愈加頻繁，連他自己都訝異這股龐大的驅力有莫名的力量，會將他引向某種幾乎不計任何後果的盲目和衝動。

阿不拉一直想著錢從哪裡來……

「台灣錢淹腳目，不過攏是別人的錢，這些有錢人的錢是哪裡來？用搶的也搶沒這多。」阿不拉沒有足夠的智識來引導他思考，只能以自己的經驗描繪不能理解的現象。

「要賺大錢要會曉讀冊，人講課本裏有黃金厝，不過……，若是你要大富大貴，歹大誌要多做一些，整天哆幹譙沒路用。」穩定仔作了結論。

「喂，我知影有一個停車場，內底好車真多，咱想辦法入去？」阿不拉忽然間說。

「敢是敢，不過那種所在一定有警衛仔，危險。」

「免驚——你負責駛車載我入去，其他我處理。」阿不拉一直順應著那股龐大的內在力量，必須以更多的行動來調整入不敷出的步伐。

文明賦予資本主義一個自由開放的市場，卻對貧富對抗毫無仲裁能力。依照比例原則，城市裡的貧富確實有必要重新分配，這個任務就落在所謂非正義一方的身上，阿不拉將自己假想成是劫富濟貧的義賊廖添丁，這個易於理解的市井傳說能夠強化他一再行動的正當性，也讓違紀犯法而生的罪惡感減低——可是，他一直以來都忘了要濟貧這件事。

幾天前，阿不拉無意間知道這處高級社區，裏頭住的都是有頭有臉的有錢人家，成排的黑頭轎車預備在氣派華麗的大門前。阿不拉看見一個和自己命定中的成長環境完全相反的生活模式，看見幾個半大不小的孩子被捧在掌心上珍珠般地呵護，心底的嫉妒起了一陣強大的張力。他開始覺得世間的事情有什麼可以被公平的仲裁，就像他的身世背景完全不被他意志所選擇，那個在他完全記憶中的寥落漁村。公平有其必要靠他自己爭取，就像小時後經常強取臭頭昆宗飯包裏的大魚大肉一樣，需要一些蠻力。其實，公平與不公平都需要一些力量，這個力量存在於正義與非正義的中間，是一段長長的界線。

阿不拉和穩定仔決定大剌剌地將車開進停車場，這樣警衛就不會將他們攔下來，兩個人身上的西裝和豪華的房車可以騙過警衛，視覺上有明顯的階級盲點。

「向前開，這內底的車會驚死你，啥麼死骨頭車攏有。」阿不拉坐在後座指揮。

「幹，這些車我看有幾十億……」穩定仔算是開了眼界，停車格裏所停放的都是階級物質品味中的極品。

「好，停！」

阿不拉沒有挑頂級的稀有車種，只選了一般較常見的高級車，很快地排除防盜系統後將車門打開。他心跳加速起來——只要再給他三十秒，財富馬上完成重新分配的程序，他會習慣性將車開上高速公路，野蠻地蹂躪一番，然後開回去拆了。

「叭……叭！」穩定仔按了兩聲喇叭，一長一短。

超過標準作業時間，穩定仔先是發放訊號。阿不拉緊張的情緒帶給他高度的專注，這部車必須再排除一次電腦設定的障礙，難度誘發了阿不拉的挑戰性，他決心要讓這些有錢人搥胸頓足。

「叭……」又一聲長音喇叭。

這是逃命訊號！

阿不拉的感覺在瞬間斷訊，長音喇叭告訴他不能再拗下去，過程有了突發狀況，必須中斷。阿不拉迅速打開車門跨出去，卻被突然閒掩至的高大身影擋在前面！

「你幹什麼？」是個西裝筆挺的中年壯漢。

「無啊……，我……」阿不拉接不上去，拔腿便向穩定仔的方向奔去。

這個高大的身軀有股凜然的氣勢，像是要一口吞噬陰暗似地追上來。如果不是這個身影有絕對的優勢，阿不拉肯定不會如此落荒而逃，他會反噬上去，發洩他不能得逞而爆發的怒氣，甚至是因為嫉妒而引燃的仇恨。但這次情況顯然不一樣，他被鎮懾住，原本的膽大妄為變成抱頭鼠竄，似乎是正義現身的時候，非正義就無法顯得那麼理直氣壯。

阿不拉被撲倒在地，他反抗，但總覺得自己的力量有理虧的無力感，這個高大的身影實在太強悍了，緊緊將他箝住，並一把扯住阿不拉脖子上的領帶猛力拉扯，另一手不停地揮拳摜在他身上。阿不拉感到昏眩，鼻血混著鼻涕和唾液在嘴上冒泡，穩定仔再不上來，他就要被消滅了。

「幹——駛恁娘！」穩定仔揮舞手上鋒厚的開山刀，一陣猛砍。

手無寸鐵的正義禁不住利刃的砍殺，血在白色襯衣裏噴濺，阿不拉卻因為馳援的力量來臨，畏縮的氣勢一下子又猖狂起來，發了瘋似地朝倒臥血泊中的壯漢一陣猛踢，又搶過穩定仔手上的開山刀朝壯漢重重地砍了幾刀。停車場裏一陣靜謐，正義的鮮血淌著暗紅色憤怒，只剩一雙骨碌碌的眼睛瞪著：

「快走！」阿不拉完全沒有臆測到這個血腥的結果，他的目的不過是想安撫自己隱晦的嫉妒，這灘血讓他部分的良善抽搐了一下。

「等下……」穩定仔蹲下身，將壯漢手上的金錶摘下來。

「幹——你無頭無神，快走！」

「知啦，咱不行空手走！」

時間在正午的前一個小時，停車場裡空蕩蕩的，正義的脈搏逐漸模糊，空氣瀰漫著衝突遺留下來的死亡氣息。

隔天傍晚阿不拉一覺醒來，恍惚間就覺得一股異於平常時候的深沉鬱悶，心情極度不佳。財富沒有重新分配，卻上了社會新聞的頭條，被害人因失血過多當場死亡，一時間正義沸騰起來。昨天突發的事件帶給他強烈的記憶，這個記憶將他牽制在真實和夢魘之間嚴加拷問，拷問幾個從來沒有碰過的新問題，他完全無法沉睡也無法完全清醒。事件突發的太快，短短幾分鐘內讓他從起初的嫉妒心一路開始蛻變，接著仇視、亢奮、憤恨、驚怖、最後以同情收場。這個同情奇怪極了，同情不是良善的最原始面象嗎？應該是好人所具備的特質，為什麼發生在他身上？強烈的記憶不斷地重複事件的血腥畫面，像是要喚起他什麼念頭似的，然後另一股更強大的矛盾使佔據了所有的心靈活動，是他覺得有點後悔及強烈憂鬱的主要原因。

阿不拉想不懂，為什麼那個高大的身影在面對開山刀的威脅時，沒有像他一樣落荒而逃？為什麼這個人拼了命都要捍衛自己的財產？阿不拉突然聽見一些完全和他行動相互違背的聲音，他開始有點傾向於，寧願當時自己被逮捕來換取那個高大的身影繼續存活下來，甚至覺得昨天的行動讓他的卑鄙無恥全部現形，那個無辜死掉的身影卻越來越加巨大。他無法忍受這樣的矛盾，這個矛盾有可能妨礙他繼續行動下去，更何況他不是已經隸屬於惡了？這種善的念頭有必要拋棄。事件很不尋常，那隻手臂竟然毫不畏懼就迎上凌空劈砍的利刃，然後連著單薄的衣袖半懸著，用血汩動它的憤怒。

買賣贓車零件市場一夕之間風聲鶴唳起來，沙洲上的繁榮一下子沉靜了，只剩青綠的菅芒和幾隻城市派不上用場的食草水牛繼續拓殖著，像早已洞悉了繁榮與衰敗是早晚的事情一樣。阿不拉的思想一直整合不起來，為了躲避那隻斷手，他讓酒精為漫漫的黑夜護航，他怕極了清醒時候的矛盾；酒精可以幫助他在夜裡暫時將思想痲醉。

阿不拉感到害怕，生命就這樣活生生地死掉——

「穩定仔……，你那天實在出手太重，人若沒死……哎……大誌大條啊！」阿不拉首先打破幾天來的沉默，兩個人都想擺脫那場陰影。

「你是在怪我！？幹，恁父是要去救你，是你……無大無誌又劈兩刀，若不是那兩刀，人還不死……」兩個人互相推諉。

「哎，講這無效……，我看咱先離開這避風頭。」

「離開！？我跟你講，大誌已經發生呀，驚也無效。」

整個事件被套進某個程式中被推算，就在他們逐漸要淡忘這件驚悸恐怖的事件時，看似平靜的海面上卻湧起了滔天巨浪，警察逮捕了李文定。那只金錶在當鋪裏被眼尖的刑警看出了端倪，又循線起出贓車的部分零件，緊接著再根據李文定的供詞在沙洲上的菅芒叢裏起出作案兇刀。事件被密集解剖，株連了整個賊贓市場，是正義在反撲，繁榮要肅清這一股滋生的陰暗勢力。

阿不拉並沒有被以強盜殺人的重罪逮捕，警方將他和幾個拆解工廠裡的年輕人以竊盜集團成員移送偵辦，而且當天就被木春仔保釋出來：

「木春兄，這兩天我先去看守所看穩定仔……」阿不拉懸宕的疑慮揮之不去。

「這些錢你先拿去，叫伊免煩惱，大誌到這款地步，伊若是全部擔落來，也算無白白枉費恁的交情……哎……惹出這個天大的禍端，整蓬的生意攏去了了。」木春仔抱怨起來。

「去的時，講話要小心，會客窗的電話有錄音。」木春仔又說。

「嗯，我知。」

阿不拉到看守所看過了李文定，他顯得心虛極了，除了完全答應李文定的所有要求之外，他沒有可以說話的立場。這段時間裡，阿不拉經常性晃神，他不能完全地心安，但似乎又不可能自己放棄自由而自投羅網，這是一場殘酷的煎熬。

日子荒蕭地流逝，阿不拉在跟自己的內心作戰，他無時無刻感到害怕，即使是鐵皮屋頂突然傳出一陣雨水拍擊的聲音，都會使他受到驚嚇。那種急迫的節奏有時會變的鬱滯膠著，旋律很亂，音符的段差極大，阿不拉會被帶進一個彷彿不屬於真實世界的空間裏，懸浮——有時候他又會覺得明晰，可以聽見來自沙洲上昆蟲齊鳴的樂音，從黝黑的窗櫺外引導時間前進，春去秋來，冬天也開始緩緩起步，朝南十字星座的方位回去，腦海裡的概念會變得比較明確。可以感受出類似火車時刻表一樣的清晰，類似四季變異一般的親驗。他張著眼睛躺在床鋪上，視線沒有任何目的，他看見時間的巨獸靜靜地伏在床前喘息，盡職地守著牠負責看守的過去，就連主人阿不拉也不能強行帶走曾經是現在的隻字片語、各種情感、激情與錯誤。

李文定不斷地被從看守所借提出來，正義開始勃起，卻經常為了事件的真相而充血大發霆威。幾個刑警偽裝成正義使者，他們其實都是無法面見陽光的暗夜黑手，他們站在陽光和陰暗的中間，正義與非正義的界線其實是模糊。李文定的厄運才剛要開始，他被帶到頂樓陽台喝令脫掉衣服褲子，雙手被銬在水塔旁外漏的鐵管上，寒冷的東北季風直接撲在他身上，這時候的問題如果仍舊得不到被預期的答案，水桶裏加了冰塊的涼水隨時會從頭上淋下來，拳頭會落在身上。加上電擊棒釋出的電流，順著淋濕的皮膚奔竄不過幾次，李文定尿失禁了，答案於是符應了正義勃起的要求，接著還押。等哪一天正義又必須勃起時，李文定會再被借提出來。

正義從李文定的呻吟中得到滿足，刑求的花招很多，每一次借提都會讓李文定親知被害的痛苦與哀嚎，就和被害人臨死前的抽搐一樣。李文定幾次挨不下去作勢自殺，手腳上的鐐銬就變得更加強固，頭上也被戴上安全帽戒護，他必須無條件活著接受正義的凌虐，為他砍死一條生命做出呻吟。

刑求帶來了快感，事件的真相卻突然有了意志似地，緘默起來。所有的陳述都變成事先規劃的劇本，於是拑制得逞了，報復得逞，真相卻不見了。法律是在實現一種對抗，它的目的似乎已經不是為了平紛止爭，阿不拉和李文定都有了對抗的經驗，他們的沉默與害怕是在累積仇恨，他們俯首認罪是想要報仇，一種在流動底層被普遍認知的對抗法則。

阿不拉的心虛已經到了極限，他只能不斷滿足李文定的要求，也只有不斷地送去豐盛的會客菜和錢，才會感到李文定不會將他供出來，才能稍微心安。

「阿不拉，你要會記，每個月寄錢入來……」

「我知……，哎，若不是那粒金錶也不出大誌……」

「你到今還認為是我不對？」李文定有點惱。

「無啦，哎……我無這個意思。」

「無是上好……，後禮拜就要宣判呀！」

「你阿爸不是有幫你請律師？」

「幹——那些律師完全是吃屎的，出庭若啞狗，你回去跟阮阿爸講，律師免請，今請神明來也無效。」

「不過……我聽木春兄講，若律師請對人，跟法官私底下有交情，對你的官司一定有幫助，木春兄講法條驚金條！」

「哎——免啦，律師費省起來，無效！連警察仔刑求的大誌也無法度，請律師是要來吃屎。」

「法官不要相信有刑求嗎？」

「警察行公文來講無刑求，法官問我有意見否？恁娘哩——我恬恬，那個吃屎律師也恬恬，恁父被刑到挫屎挫尿，無人要信。」

「法官不在信咱這套……，木春兄講，若是有刑求，口供就沒準算。」

「是怎樣無準算？同款判落去，你知影啥麼叫做自由心證？」

「不知……」

「幹伊娘——自由心證就是在伊歡喜，在伊爽！」

阿不拉感官所知覺的各種親驗，環境帶給他親知的知識，城市告訴他美醜、善惡、喜歡的和不喜歡的，也告訴他什麼是被景仰的、被唾棄的，他能感知的領導了他的意志，意志在環境中還要符應各種變數。

即使是最暗的陰影也都是由難以察覺的光和顏色所造成，是繁榮引導犯罪，但正義又必須得到伸張，只是陰暗一直存在。貧富的差距仍然像菅芒和城市爭奪土地一樣，隨著文明劍拔弩張，要彼此吞噬。被文明淘汰的不是貧窮，而是隸屬於善的相對性惡，文明需要惡來破壞現制以取得進步建設，卻仍必須消滅它。善惡都必須付出代價，是人心取得繁榮的遊戲規則。法律經由歷史的流變要從統治走向天秤公平，卻沒有人可以取代神明的任務，這是蒙障，人心難測——

李文定被判處無期徒刑定讞，善惡沉默下來對峙。阿不拉帶著狡黠和不確定信念的意圖避開了強盜殺人的重罪，他有了很重的包袱，涉及了一段遙遠的記憶。記憶和他潛意識裏某個點遙遙呼應著，他想起一隻被他用彈弓打死的伯勞鳥，他又聽見了阿嬤的聲音……

「龍吉哦，世間的眾生是有靈性，你千萬不好殺生……」

「阿嬤，做鳥仔艱苦，我幫助伊投胎轉世，有啥麼不好？」

「唉，囝仔人甭鐵齒，鳥仔若死是陰魂不散，永遠會壓在你的心頭……」

記憶又遠了，眼前的菅芒隨著才起的秋風輕揚抖顫，清秋的芒花被撐在硬梗上鬆出一團團繁放的流光，竊喜既將來臨的廣袤荒涼，它們靜靜地等著。

當阿不拉決定離開的時候，沙洲上的菅芒再度沸騰起來，幾部類似坦克車的推土機和怪手佔領了沙洲。不過一個工作天，整片菅芒被連根剷平，怪手的巨臂搗爛了鐵皮屋頂，沙洲上的陰暗都被陽光透析。

聽說，是繁榮來了……

第四篇　天條與法理

視線被拉近，視覺可以從更近的距離將現象的意圖整理出比較具像的輪廓——過去、現在和未來是同時間存在的。

鏡頭從含藏數十億顆恆星的寰宇中，拉向整面附著於球體表面的大藍，從大藍一處銜接的泥土登陸，繞過溪流河口的沖積平原，在另一處美妙無比，調妥大自然色調的田園上對焦。這是一座按照自然法則排列的星球花園，沿途從平原、山丘、河谷，漸趨進入層巒疊嶂的高山，各種植物隨著太陽輻射的角度生息，在春夏時刻鼎盛，在秋冬之際稍息。

這裡的太陽一樣，一樣從東邊透出每天的第一道曙光，從西邊收斂它熠耀的光芒，萬物都必須習慣它的來去，也必須恆常在自然的律則當中決定呈現的方式，否則就連太陽也無從幫忙整理其枯榮的現象。

老天最完美的傑作大約就是這座星球花園，這裏的水世界是生命的起點，沿著泥土前進，繁茂的生命喧騰鼎沸，在水花幻影、綠地如茵的生命故鄉散發著質樸動人的光輝，並從中投射了所有現象的精神概念。

所有的現象和概念只有一種，都是時間和空間交互作用的結果，在整個寰宇中最一般規律的現象。城市的繁榮和陰暗仍然同時並進，就像大自然律則同時允許陰晴、黑白、好壞各種相對屬性的存在，在時間的干預下自動整理出空間的秩序。秩序的最前端就是真理，是各種現象爭相擁抱的符咒。

日昇月落——

牡丹花已在阿不拉身上拓出整片介於大藍與墨黑之間的深藍，幾隻魈怪在不同時間又分別佔領了牡丹花叢，來自於底層流動的通行識別，在阿不拉連續幾次被社會規範裁處隔離禁錮下的籤記。阿不拉情願認同也別無選擇，已經不能轉頭回去。

「阿不拉，穩定仔出獄呀，伊打電話來……」木春仔說。

「穩定仔……出來呀？！」

「是呀，有留電話在這，伊口氣不好……」

記憶在瞬間流動起來，阿不拉似乎忘記了時間流動的特質，這麼一段漫長的時光流程居然只在他的大腦裏停留不過幾秒時間，好像才是昨天的事情一樣。穩定仔出獄了，這會不會是夢？既使是夢，阿不拉卻又感到清醒，可以確定十幾個年冬的所有記憶，現在又突然間擠爆他的記憶，要重新回來質問他——從遠遠的平靜海面上推起一道浪頭，來的。

四千多個日子看不出長度也秤不出重量，不過是一道掠影——這期間阿不拉變得矛盾、極端，更喜歡衝動，也在高牆裏外進出了幾次。監獄裏大隊人馬一路哀鴻遍地，在星光晦暗的大漠中漫無方向奔竄彼此踐踏，死的死，逃的逃，剩下來的也都成了無骨無肉的骷髏，繼續輪番進進出出。

在決定回撥電話之前，阿不拉躊躇了幾天，主要是阿不拉在穩定仔入獄期間並沒有實踐金援的承諾，而且情感早就疏離了。這四千多個日子，阿不拉也在監獄裏待了將近兩千個晨昏，陸陸續續，變化實在很人。他的躊躇來自於心底惶惶的心虛，十四年前的事件豈能說與他無關，他自承難脫其罪，但他的確避開了制裁——這個感覺奇怪極了，如果不是穩定仔自己將事實隱瞞下來，阿不拉實在寧願當時就被揪出來，那麼今天情況也許就不一樣，他顯然不滿意一路走來的坎坷。只是，情感詭異的地方就在這裡，他一方面竊喜自己躲過應負的刑罰，卻又在另一方面陷入罪孽必遭神譴的惶恐不安；入獄受罰才是救贖靈魂的必經之路，他心頭上一直懸著一顆石頭。

像他這樣逍遙於法外，其實並非逍遙。在神明奇妙的威能下，他一直無法取得類似服刑之後的那種心安理得，類似出獄的心情，覺得罪孽已贖，神鬼都已經原諒他，不會冥冥中作梗，讓他可以思考要不要重新做人還是繼續犯案。弔詭在於阿不拉矛盾的念頭，他確定事件可以逍遙法外，卻不能確定可以在已經逍遙法外的情況下為自己無法心安而主動將事件真相和盤托出。他也不可能在還不確定有神譴的情況之下，貿然讓自己已經逍遙的情況破局，更不可能讓自己從自由的情態中因為理性而自動回去監獄贖罪。

矛盾極了——冥靈中神譴的天條既良心的部分，和某種為人格中最原始壓抑的一部份，既遵行追求快樂的本我原則，兩兩相互衝突。加上社會毫不修飾地唾棄，他一再決定繼續犯案，說不定神譴只不過是一種勸人為善的手段罷了。

穩定仔出獄可是件大事，在監牢裏待了十幾年，阿不拉不能有什麼躊躇還是猶豫，他必要盡快回應，更必要的是把穩定仔留下來，以免在第一時機避免穩定仔有什麼重新做人的念頭——這種念頭，阿不拉有幾次印象深刻的經驗，在步出監獄大門的時候達到一個最強烈的介面，接著會有各種完全和他想像中不一樣的情況出現，社會流動裏明顯的排擠和底層的呼喚，讓他不知該留下來還是再回到監獄？

基於惡的歸屬與認同，基於繁瑣的糾葛，阿不拉很快撥了電話：

「穩定仔，恭喜呀……」阿不拉早早排練了解釋的劇本。

「你還知影打電話來……，嗯，你先跟我講，這幾年來你人是死呀，是否？」

穩定仔是穩定下來了，監獄生活讓他講起氣話都可以平靜的像是什麼事都沒發生。

「唉，我是孤不二衷，這段時間我也入去三次……」阿不拉假裝無奈。

「嘿，你當作我三歲囝仔……，我幫你擔屎，不是幫你吃屎，這幾年來你連屁也無放，我實在真想不開……」

「穩定仔，我真正有苦衷……，你返來上好，你先在我這住落來，咱……慢慢呀東山再起。」阿不拉似乎又成竹在胸。

「東山再起？」

「是呀，你放心……，這幾天咱先見面再講。」

「你有啥麼辦法？」

「辦法是一定有，有咱兩人，還驚有啥麼錢咱賺不到？」

辦法非想不可，穩定仔雖然口氣平緩，但明顯地帶有侵略的意圖，咄咄逼人。阿不拉先是連續幾天帶著穩定仔吃香喝辣，藉著風花雪月儘陪不對，暗夜的魅惑有助於撫平彼此的怨隙，醇酒美女可以幫忙疏通堵塞的情感。兩個人志同道合是早晚必要達成的共識，在同一條流動底層下，蛆和蒼蠅沒有必要為了蛻變行程中先後的問題，還是誰害了誰而有爭執——

「穩定仔……，你應該知影我阿不拉的做人，我絕對不是那種忘恩背義的人。」酒精讓阿不拉本我人格膨脹。

「這幾年來，你連人影也無看到，我是一定黑白想……，人講人情世事，咱自小漢逗陣到大漢，我也不是龜龜毛毛的人，若換作別人……你看，大誌有這簡單？」穩定仔持續幾天的陰沉之後，總算釋出善意。

「我知……，咱呼乾，兄弟仔一場，事久見人心。」

人心——這個深奧的命題，難測的領域。

只因為酒精濃度，阿不拉就斗膽假設了穩定仔和他有相仿的內心狀態，他要確定穩定仔所表現出來的並非偽裝，這樣他才可以完全確定穩定仔真的不再計較了。阿不拉認為他們的情感應該可以通過考驗，次級的情義法則仍舊包含了可以相信的部分，阿不拉顯得憨喜：

「穩定仔，自今開始，咱就是一體的，無分你我……，嗯，最近若有大生意，我會報你知。」阿不拉恨不得馬上掏心掏肺，覺得那件可怕的殺人事件應該結束，管他什麼天條還是法理，他的加法勢必趕快演算下去。

「啥麼大生意？」

「嘿——珠寶瑪瑙你有興趣否？最近會有線索入來，咱只要去那出現一下，免傷人，珠寶就變咱的。」阿不拉眉心揚出詭密的弧線。

「我考慮看……？我的殘刑是無期，不行講玩笑。」

「哎，我講過，無分你我，呼乾啦……」

陽光始終堅持在一定的時間收拾黑暗，從晨曦開始會有不同神韻的光影，一直到落暮時分，黑暗再度來臨；日落月昇輪替的律則。

這場光明與黑暗的輪替持續變換，像是良善與邪惡，也像天條與法理爭相遙控人心。阿不拉的念頭很早就透出一步登天的企圖，他不再寄望可以在前科累累的情況下有翻身滌清的可能。雖然重新做人的念頭幾次出現，也曾經嘗試，但禁不住社會質疑和底層認同的考驗而敗陣下來，重新做人變成重新再做一次壞人，改過自新太遙遠，而魔鬼的天空就在咫尺。

入獄像是一種投資報酬中的必然損失，就像抓雞要先飼米一樣，阿不拉心想是不是有可能避開這個必然的損失——如果有周全的計劃，順利做案是不是能夠預期？

阿不拉經常要確認各種可能，幾年來累積了各種跳脫法律規範的生財手段。在規範中的競爭下，他沒有任何籌碼，甚至連最起碼的良民門檻都跨不過去，只能完全傾向於相信底層的叢林法則可以帶領他，朝他的生存加法繼續前進。

是不是只要有周全的計劃，從過去的犯案經驗中逐步改善做案方式，就一定可以避開入獄服刑的代價，避開法律羅網？

為了這個周全的計劃，阿不拉不停地揣摩推演各種犯案時可能發生的情況。其實他是在想如何掩蓋罪行，這是極為關鍵的問題。當掩蓋罪行的思慮達到他認為完全周全的時候，他就會開始行動。這段時間，阿不拉根本沒有察覺自己就像個舊疾復發的病人，他的意志和理智不斷下降，當他衡量做案的成功率這個最需要理智判斷和慎重的時候，一些具有正面力量的狀態會隨需要而減弱，取而代之的卻是極為草率天真的想法。等到他決定行動的時候，通常就是因為慾望的急迫性驅動他用一種罕見的愚蠢，拋棄所有理性部分而盲目行動。這種類似生病的現象會隨著他被補入獄而漸趨復原，回覆平常時候的清醒狀態。接下來的監獄生活又會讓他部分的良善鬆出綠意，他會開始譴責自己的愚蠢行為。

這場常態與病態的輪替，阿不拉一直都隨著被監禁和重返社會而變更意志，時而像個得道高僧，時而又像個落入凡間的頑劣精靈。監獄生活帶給他一種連他自己都無法察覺的心靈狀態，他會變的安靜。

每每長廊俱寂，一股龐大能量會在他心頭湧起，他無視這股潛在的內在力量，只是覺得像是浮仰在星光燦爛的大海上，可以聽見來自深邃星空裏，某種從來沒有聽見過的聲音——他輕撥雙臂，鼓動澎湃的海濤，回應蒼穹的聲音。有時候，他覺得自己是珊瑚，需要潔淨的海水，否則他會聽不出海濤聲音，聽不懂天空的語言。有時候，他莫名地感動起來，偷偷將眼淚揉進溫濕的綿被裏，說他不再做壞事情，他害怕法庭裏那股凜然的氣圍，害怕被唾棄。有時候，他甚至夢見哪吒，踩著太陽一般的火輪，風和火從海平面上旋起一團熠煜的光譜，是太子爺冥靈顯像，要巡守世間善惡——

原來，太子爺的敕令正是玉皇大帝統領世間善惡的天條。

當阿不拉再次重返自由，趨善的感覺會在短時間內消失殆盡，另一股渾惡腥羶被誘發出來，帶領他被解禁的肉身，重新一次進到慾望的淵藪，善惡就這樣不停輪替。

阿不拉仍然跟著木春仔，就像一條宿在殺人鯨身上的寄生蟲，只要些許的養分就可以存活下來，他寄望自己有一天也變成一條大尾的鯨身，擺動他自己的方向。

「木春兄，你講那個珠寶加工的大誌……」阿不拉不耐久候。

「你免急，時機若到，我自然會安排……，怎樣？你身上又無錢呀！」

「大仔，這陣穩定仔返來你也知影，而且——最近，四號仔欠貨，一兩要十幾萬」海洛因漲價。

「幹，你毒品若不改，早慢要吃死，毒品的大誌我無法度。」

「木春兄……，我還有一些珠寶和手錶，應該真值錢……」阿不拉從袋子裏傾出一些珠寶手飾。

「值錢不值錢不是你講的，這些珠寶真歹賣，你犯的不是小案，萬不一若出大誌會關關死。」

「木春兄，我跟你十幾年囉，哪一件歹大誌不是你叫我做的？這些珠寶也是木春兄你報的路，我無交你處理，莫非叫我交警察處理。」

「你跟我來這套，翅仔硬呀？」

「大仔，先處理一下，我真正有急用。」

「你是趕要買毒品吧！這……五萬先拿去，等處理好再算。」

「木春大仔，這些珠寶……五萬！？」

「幾萬是我在做主……，這兩天路草若探好，會通知你，自己要謹慎，若出大誌，屎自己擔。」

「知啦，我阿不拉做大誌，放心。」

「嗯，將穩定仔叫來我這，大家再合作。」

「我知，我會叫伊來，伊今也是茫茫渺渺。」

若生活變成一種矇朧，前進是沒有方向的。阿不拉已然被毒品蒙蔽了生命的觸覺，他的人生加法在慾望的樓高裏攀升，惡與良善的界線越來越模糊，法理已經扭曲變形，天條又不足以抑制他行動。

幾天後的一個傍晚，阿不拉帶著穩定仔跟上了一個由木春仔提供的珠寶商，在珠寶商提著手提箱下車之際，持槍將珠寶劫走。過程和前幾次一樣既快速又順利，期間阿不拉的意向狀態一直沒有離開過得手後會帶來的欣快感，想到那一只裝滿珠寶的皮箱，他異常興奮。幾次劫奪的經驗告訴他，持槍可以有效壓制這些富商起而反抗的企圖，只要不遭遇反抗，阿不拉不會貿然開槍，除非脫身時遭受阻礙。持槍搶劫已經是阿不拉習以為常的作案方式，他越來越沒有害怕的感覺，就像肚子餓了必須吃飯一樣理直氣壯。

這次財富轉移的過程不到一分鐘，主要是因為木春仔提供的消息正確，木春仔一方面正派經營當鋪，一方面又暗地裡操控詭譎的賊贓市場，日進斗金。

「穩定仔，這次大豐收，這些珠寶至少價值千萬以上……」阿不拉說。

「千萬？若賣有一百萬，就偷笑呀。」

「免煩惱，這些珠寶木春兄會處理，咱負責拿錢就對呀……」

「嗯……」

「坦白跟你講，這些珠寶大部分也是來路不明，你當作這些珠寶商攏是正當的生意人？甭憨，包括木春兄伊自己，那間當鋪賺無幾銑錢，貓貓神神，假鬼六怪，嘴講的攏是在做正當生意，幹！」

「阿不拉……，咱這是在拼硬仔，咱有需要多找幾個有法度幫忙脫手的人，這些珠寶不行隨便伊講要怎樣算，你知我的意思嗎？」

「我了解，不過……，恐怕木春兄伊會無歡喜，這些珠寶商的資料攏是伊報來的，若無伊……」

「幹——你頭殼內底是豆花還是牛屎？咱有槍，還驚沒所在好搶嗎？」穩定仔領導起來。

「對是對……，好啦，你主意就好。」阿不拉老早就起了反抗。

「阿不拉，這槍先放我這，你那一些毒蟲出出入入，我不放心。我看你要先將毒品改掉，你整個人親像一尾蟲。」

「蟲？你不識，一尾蟲是你在講的，那是一種感覺，一種營養。」

「營養？我看你是頭殼跩到呀！」

毒品消除阿不拉平時的習慣性憂慮，他必須以海洛因來鞭策他的行動能力，用安非他命來擴張他的意志，尤其在犯案之前，他必須保持高昂欣快的情緒，毒品給他一道捷徑，他習慣了一種根本不足以信賴的病態喜悅和病態自信。

毒品被他理解成一種營養，這種營養讓他離開了天條、法理和陽光。

繁榮可以透視社會矛盾和人性悲劇，矛盾在於層出無窮又不自然的人心慾望，而悲劇來自於犯罪。

「穩定仔，你相信因果嗎？」阿不拉無釐頭地問。

「因果！你要和我講啥麼因果？」

「我在想，每一件大誌的原因和後果。」

「哼，如果有因果，為啥麼我被判無期徒刑，你可以逍遙法外？」

「我就知影這件大誌你念念不忘……，穩定仔，當初時是你自己不講，你若講，我也不怪你。」

「你是講我自己憨？」

「我無這個意思——其實，天理昭昭，我驚會有報應。」

「哦，你這隻毒蟲也會講天理……，是笑話嗎？」

「不是笑話，太子爺昭告的天條，若觸犯神明的天條，是比犯法嚴重。」

「你會驚天條？」穩定仔笑了。

「你不驚嗎？人講這世事完全是因果，親像我在啉毒同款，啉了真爽，但是痛苦隨後就來……。如果，真正有因果……，我看以後我……」

「你驚天條，不驚法律的制裁嗎？」穩定仔反問。

「法律……，是人在執行，坦白講，有啥麼好驚的？我入去關過幾次，關不驚啦。你想看哩，神明執行天條是因為伊有天眼，任何大誌伊攏看有——不過，法官沒天眼，案情可以隨在咱編……。我最近真正常夢到有神明來，還有妖魔鬼怪……」阿不拉顯得認真。

「你頭殼不清不楚，我講不贏你……，我跟你講，我就是天眼，若無，你早就關到挫屎呀。」穩定仔意有所指。

阿不拉不只一次在元神虛恍的時候，看見在氤氳氛圍裏的神明，不時又有青面獠牙的邪靈厲鬼拖著猙獰的嘴臉，在他眼前飛竄游離。也看見在神鬼的威能下，無從遮掩的罪孽事實必遭譴罰，神鬼似乎都伺機靠近。

罌粟花都開在滿地骷髏滋養的邪靈花圃，那是個只有陰霾卻沒有太陽的陰暗地獄。這個邪靈出乎阿不拉意料外地頑強，他無從確定這個邪靈到底潛伏在哪裡，為什麼當他在意志上顯得薄弱的時候，他的身體不能自己抵抗生理上醜陋的慾求？為什麼他的肉體可以這樣頑固地拒絕心靈的指揮？阿不拉幾次都在面對邪靈的時候敗陣下來，全身骨頭像是被老鼠銳利的囓齒啃噬著，在痙攣中上吐下瀉。他的精神不足以領導任何有效的抵抗，唯一的意向只有儘快將白色粉末推進血管裡面，然後清醒過來等待，等待下一波邪靈的攻勢。

「木春兄，若方便……再拿幾萬借我。」即使一在做案，阿不拉仍然經常性沒錢。

「借錢……，你還好意思借錢，上次盤回來那些珠寶哪裡去？台中洪仔輝講你拿一皮箱的珠寶叫伊處理，你當作我不知？」木春仔顯得惱火。

「那不是我的主意，自頭到尾我也不知影……，是穩定仔的主意，洪仔輝上趟在花蓮和伊關作夥……」

「總講一句，翅仔硬呀……，不要緊，時到若出大誌，屎自己擔。」

「哎呀——木春兄，我是一定攏聽你的，若不是穩定仔……」

「幹，這個穩定仔……，伊當作關一趟無期返來就大尾呀！？」

「是呀，嗯……，大仔，先拿十萬借我，過兩天就還你……」

「兩天……，這是最後一次，另天咱照步來，大家算清楚……，還有，那兩支槍拿回來還我。」

阿不拉又借到了十萬，買來的白粉讓他幾天都不出門。只有兩件事阿不拉會有出門的意向，那就是找毒品和找錢，其他不可能讓他有出門的念頭，整天躺在床上活像個死人，他的加法其實變成了減法。

「阿不拉，你今變仙呀，整天躺在眠床頂？」穩定仔看不下去。

「哦……，穩……定，你啥麼時候入來？嗯，那兩支槍拿返來，木春兄在問。」阿不拉騰出大部分眼白，溺在海洛因的鬆茫裏。

「免睬伊……，你有夠憨，叫伊大仔是尊重伊，若無……，一粒槍籽伊就去蘇州賣鴨卵。你想，伊賺這多錢，咱得到湯還是粒？」

「我知，唉……我也不想要睬伊，反正你先將槍拿返來……」

「我看你是要拿去換毒品……」

「你免管我，嗯……，先拿幾萬借我。」

「你又要借錢！」

「有急用……，拜託，我阿嬤人在艱苦……」阿不拉說謊。

「你阿嬤……！我身軀無錢……，嗯，這一些鑽仔和錶仔先拿去。」穩定仔從手提袋裏抓出幾只閃亮亮的鑽戒和鑽錶。

「你哪有這多鑽仔？」阿不拉眼珠跟著亮起來。

「朋友寄的。」

「你騙我這三歲囝仔？喂——頂兩天，報紙刊的珠寶搶案……，是不是你做的？」阿不拉一驚。

「黑白講……」穩定仔反駁。

「穩定仔，這不是講玩笑，那個珠寶行頭家當場頭殼中槍，死呀！」

「這種大誌，不好黑白臆！」

「黑白臆？我看你是心內有鬼？你坦白講。」

「要講啥？講你老姨要嫁三個尪，你不清不楚！」

「上好是。」

阿不拉合理臆測，在他的經驗法則裏，輕易可以看出穩定仔身上有某種病情，那種舊疾復發的病徵，很明顯地和穩定仔剛剛出獄時的樣子不一樣。

穩定仔拿出的鑽戒鑽錶，算是回應了彼此有來有往的情分，接著幾天又去嚐了魚翅鮑魚，上等階級品味的珍饈讓兩人的情感又沸騰起來。

「阿不拉，木春仔伊講的是法國話，鳥仔囝的翅若硬，當然要有伊自己的天頂，來，咱兄弟仔才是正港的兄弟仔，免聽伊在放臭屁。」穩定仔聲高氣揚。

「知啦，伊是豎仔春，免睬伊，呼乾……」

「那天你跟我講啥麼大條……？我跟你講，世間的大誌若有天條，金銀財寶就要大家平分，對否？為啥麼別人有錢，咱無？」

「對呀，公平……要靠咱自己爭取。」阿不拉醉了。

「聽人講……，咱庄仔內那個臭頭仔，今在做律師。」穩定仔又說。

「哦——伊今搖擺呀，本來不是在做檢察官？進前咱要離開故鄉的時，我是不是跟你講，臭頭仔洪武君要做皇帝……，幹！」阿不拉心底一陣酸味。

「檢察官和皇帝不同款，我看你是目眶赤，人今作律師賺大錢，你喔……哈……，做盜匪！」穩定仔語帶譏誚。

「免笑……，頂次，檢察官將你起訴死刑，若不是皇帝，誰人有這大的權利？這是比皇帝還大，若要我，甘願在法院做官，做律師沒效！」

「你有夠憨，做律師比做官好賺，你不識啦……」

「哪有影？我若做官，有錢判生，無錢判死……，你不曾聽人講過？有的法官同款喫銅喫鐵，法院內底有畫一台秤仔，你當作那叫做公平？嘿——那是在秤銀兩用的！」

法理的天秤被阿不拉解釋成類似收銀機的功能。

梅雨的關係，連續幾個星期的陰霾，這裡的五月天就像個破笑為涕的孩子。為什麼陰霾總被用來譬喻陰暗的事物，而陽光一定代表法理的光芒？

寰宇的現象是不是可以不需要自然的律則？太陽不停地變換輻射的角度，那是因為地球在動，晨曦會變成正午的赤焰，赤焰緩緩沉降成餘暉，接著黑暗來臨。即使黑夜，太陽仍舊可以透過星辰的折射，黑夜的顏色也都是經由各種不同層次的光譜形成。所有循序的現象也必須經歷千萬億年的折衝和碰撞，在所有星辰同意之下進行運作，不會單靠太陽獨撐大局。

自然萬象可以是人類行為的一種投射，一種啟迪，各種現象如果都能符應漸進的方式，就像林木的生長、植被的形成和日昇月落，災難人約就沒有理由發生。幅度過大的變動總是會帶來驚異、驚艷、驚奇、驚悍和驚駭，將人心在瞬間拋向兩個極點，再重重地摔回來。大自然的律則不時交替著無聲、有聲的語言，即使是天條也無須文字的架構，寰宇所有的呈現都是明確的說明。

穩定仔不斷在各種有可能出現的推理中尋求答案——可不可能做案不要被查獲？

他持續從龐雜的思維中做推理判斷，不斷剝絲抽繭，他急迫需要一個比較可靠的答案來安定他的情緒。穩定仔才從監獄經歷過一次永遠，好不容易從無期徒刑的桎梏裏掙脫，如果沒有更形縝密的作案計劃，他很有可能再回到監獄面對兩個永遠，甚至是死刑。他病了，真的病得不輕。

阿不拉離開大藍已經很長一段時間，所有能被他知覺的現象都是灰矇，海洛因也不再有強大力量將他托上高空，甚至連病態的舒適都很難達到，呼吸只能帶來憂鬱，抗藥性越來越強。憂鬱讓他的思想通往仇恨，一直想指使自己做出更瘋狂驚人的事情，以期呼應內在的醜惡，他被拋進一處太陽光譜無法抵達的深邃地帶，沒有方向地漂浮。這種憂鬱不是他經歷過的，完全脫離了常軌，也是他沒能察覺出來的一種舊疾，病情要比穩定仔還要嚴重，時時刻刻的念頭只剩下毒品，他直接就回到劫奪的路上，毫不猶豫也沒辦法猶豫地將毒癮視為第一順位犯罪動機。

這天，阿不拉用完了最後一劑海洛因，他知道必須趕在毒癮再一次回來之前找到下一劑他所謂的營養。阿不拉拿出穩定仔給他的鑽錶，直奔木春仔家。

雨勢滂沱，阿不拉淋得跟鬼似地，尖瘦的臉頰上嵌著佈滿血絲的龍眼籽眼睛，手裏緊緊握著口袋裡的鑽錶，意向狀態一直無法從耽溺裏掙脫，念頭只有一個……

「木春兄，開門……，我在樓腳……」電鈴聲驚急地鬼叫起來。

「幹……，三更半眠，吵魂哦！」木春仔大罵。

「大仔……，我這幾粒鑽仔……，先週轉一下。」

「你當作我在開銀行！你娘哩，那兩支槍，是拿去賣呀——是否？」

「無啦，大仔，先週轉一下——槍，我隨去拿……」

「你先去拿返來……」對講機咯喳一聲斷了線。

阿不拉的情感沉到了谷底，邪惡的靈魂一下子張牙舞爪起來，那一頭魈怪正齜牙咧嘴地噴哧牠的邪毒，牠必須得到安撫，必要等到那一劑高純度海洛因，牠才可能考慮暫時安靜下來，否則牠會把全部變態的特質通通催化出來。

耽溺帶領阿不拉趨向某種毀滅意識，忌妒、貪婪、幻想、懷疑和痛苦都變成仇恨，魈怪殘暴的面向呼之欲出。

烏雲一下子堆積在城市上空，卻又將故鄉的月亮留在阿不拉心裏，一場矛盾的拉鋸戰纏鬥起來。月在思想星空上逐漸黯淡，透出神傷的淡紫，阿不拉的步伐踉蹌，騎樓裏不時閃進雷電的餘光，神鬼在天空各自叱吒著，沒有誰要攔下阿不拉繼續前進。阿不拉大聲撕裂的鬼叫痛哭，轟天的雷鳴掩蓋了他的聲音，沒有人知道這個繁榮的孩子為什麼突然猙獰起來！

雨停的時候，阿不拉又回到木春仔樓下的對講機前，身上放著手槍。他擺脫故鄉的月亮，趁烏雲還來不及散去的時候，完全傾靠到邪惡的一方，那種心理和生理感質的極端痛苦很快地消滅他的矛盾，他按下了對講機的電鈴，電流的速度極快……

「幹你娘老雞屄……你是哭父哦！」聲音從對講機裏炸出來。

「大仔……，槍，我拿來呀。」阿不拉說。

電動門鎖連續掣動了幾聲，阿不拉閃進昏暗的樓梯間，一股莫名的力量在驅策他行動，他像是變成另外一個分身，站到一旁監視。他確定眼前這個狼狽身形的一舉一動絕對不是他自己。阿不拉下意識挖了挖鼻孔，順手就將鼻屎糊在白皙的牆面上，一種無法減約的快感，當阿不拉意外地在分裂後的對峙裏找到一個仲裁位置時，他感到極度迫仄帶來的變態——

在抵達木春仔家門前，阿不拉推動了槍機，眉心上一團烈焰……

「大仔，歹勢……」

「幹——你這隻毒蟲……，槍呢？」

「有啦，這幾粒銾仔……」

「這些錶仔哪來的？」木春仔遲遲不將鐵門打開。

「大仔，你想是哪來的？」阿不拉反問。

木春仔一把接過手錶，仔細端詳起來，他不會不知道這些賊贓來路不明，只是習慣性要讓阿不拉把姿態放低，以便予取予求。賊贓值錢的地方就在收贓風險，木春仔要讓承擔風險的誘因擴張到最大。

「老大仔，拜託……」

「你免拜託，十萬超過——無法度！」

「十萬？！大仔，這些錶仔……，穩定仔說市價將近兩百萬。」

「兩百萬？你拿去賣伊，吃米不知米價！若不要，卡早返去睡，囉哩囉唆！」

木春仔一直沒敢將鐵門打開，似乎看出了阿不拉神智上的荒腔走板，這些吸毒者都有不定時叛離的特性，木春仔懂得提防。

「大仔，好歹——你嘛先開門。」阿不拉摸出口袋裏的手槍，又說：「老大仔，這幾年來，我拼返來的金銀財寶不計其數，你今發達呀，不要顧念這些情分？」

「情分？唉——你真囉唆，另天再講。」

「另天……？恁父叫你去蘇州賣鴨卵！」阿不拉惱了。

那頭魈怪猖狂起來，指揮阿不拉朝站在鐵門裏的木春仔開槍，木春仔應聲倒地——十幾年來要不是這個同鄉的老大，阿不拉應該就會有其他無限可能，他心裏的反抗醞釀很久了，何況他現在的邪惡早就可以打倒眼前這個訛詐他的人。

阿不拉起初的念頭是預備行搶，木春仔家裏多的是從繁榮裏掠奪而來的財富，如果按照阿不拉的公平原則，這些財富必須被重新分配。黑吃黑的法則不在法理的規範下，阿不拉不會感到害怕還是心虛。

仇恨得到釋放，城市上空的霾已經散去，阿不拉卻想不透為什麼他的感知還是那麼昏暗？眼前沒有任何事情可以期待，只有一道深沉憂鬱的螺紋，慢慢地將他送進無止境的絕望中。

阿不拉找到了洪仔輝，將身上的賊贓換到一塊海洛因磚，繼續追隨耽溺的玄浮。

在耽溺的世界裏，天條不可能有什麼實際規範的作用，法理也不過是法律比較莊重的名稱，即使都是人和神的事務概念，也無法在耽溺中彰顯。阿不拉已經夠沉淪如糞土塵泥，那頭魈怪卻還要在每隔一段時間之後，變回一隻長了毒翅的鴆，在他心裏撲翅啾啼，提醒他吃藥的時間到了。毒鴆慫恿阿不拉擬定一套連續劫奪的計劃，他放棄警覺性高的珠寶商，改以游擊式的街頭隨機掠奪。他和這隻毒鴆必須不停地犯案，否則誰也別想繼續跟上城市的繁榮。

「阿不拉，我看你最近先離開這……」穩定仔擔心起來。

「為啥麼？」

「木春仔不可能這簡單就放你過。」

「驚啥？」

「是驚伊來暗的，伊今有錢，身軀邊自然有人會來找你……哎，你實在太衝蹦。」

「你會驚？」

「不是驚，我看你先去洪仔輝那避一陣，木春仔一定知影你謐在我這，這兩支槍要快處理掉，不好再拿去做歹大誌。」

「嗯……」

「這兩支槍的案底若驗出來，咱會關到生虱母。」穩定仔說。

「好，我暫時去找洪仔輝，槍你拿去，自己要小心。」

阿不拉離開了這個熟悉的城市，其實也是害怕木春仔的陰險惡毒，說不定哪天就會讓他忽然間從地球表面消失，這種事情在流動底層不是什麼新聞。阿不拉也想擺脫毒鴆的糾纏，他幾次踏進戒毒的征途，卻屢屢敗陣下來，一直想找個地方重新來過，這是個機會也說不定……

清醒過來，阿不拉才剛剛餵飽那隻鴆——

他心不在焉地，看著日頭在西落時射出的橙色餘暉，除了衰頹的暮氣之外，他感受不到這天成的色調裏有什麼值得驚艷的美感，類似在孩童時期所親驗過的，在大海和天空交會的地方，那一輪可以將海水煮沸的火球。阿不拉很早就脫離了規律中自然的節奏，他想轉頭回去，重新投入曾經熟悉的存在狀態，只是感覺越來越遠。

這段心不在焉的思維，念頭瞬息萬變，阿不拉在變動中居然對監獄裏雲淡風輕的生活經驗起了一種奇怪的想念……！那個時候，慾望經常不足以影響他的意志，他會覺得自己像是個在城市隱居的脫塵僧侶，一牆之隔的繁華喧鬧對他起不了作用，即使是欲求已在起心動念之間，禁錮的環境卻讓他在生活上只保留最基本的需求。他一直想不懂，為什麼一牆之隔會是兩個不一樣的自己。

想念監獄的念頭讓他倏地從床上彈起，告訴自己不能信賴這個愚蠢的想法，怎麼會蠢到去懷念那種被關進牢籠裏的生活，他懷疑自己是不是瘋了？這個奇怪的想念卻一直出現。

阿不拉經常是在太陽下山以後才起床，他不急著開燈，習慣從暗的地方去掌握明亮地方的動靜，也避免被明亮所掌握，他會覺得安全。大概是真的病了，是舊疾復發，日頭落山使他感到害怕，感覺到所有的邪靈厲鬼都傾巢而出，包括警察。這個時候他必須跟著匿進黑暗的世界，以期完全隸屬於惡，避開善的追緝，讓矛盾消失。接著，就會開始無所忌憚地劫奪。

神明、警察和鬼都喜歡在黑暗裏出現，是為了因應人的需要；神明是因為別人的需要，警察和鬼卻通常是為了自己的需要。這些需要都和阿不拉有切身的關係，他甚至相信神明和人一樣願意接受賄賂，可以保庇他的犯罪行為，幫助他遠離警察和鬼的干預，就像他相信法條怕金條一樣。他開始跑到廟裏膜拜，希望神明接受他的賄賂，庇佑他避開法律的羅網，讓他做案順利。這種祈禱善來庇佑惡的方式，其實連他自己有時候都覺得好笑。

洪仔輝除了提供槍枝給阿不拉之外，還不時提供毒販交易的情形，以供他誘出毒販行搶，讓阿不拉省卻了一大筆購毒開銷。他還發現深夜裏多的是出來買醉尋歡的富商巨賈，只要押到人，贖金不要太高，通常當天就能拿到錢。這裡的繁榮更加華麗，不夜城的虛迷排場令人瞠目結舌，阿不拉鎖定室內幾家大型酒店，伺機洗劫駕著名車的酒客。

阿不拉開始重複預習這天行動的大約內容，他擰開桌上的小檯燈，在出門前必須先餵飽那隻啾啼的鳩。另一方面，他忽然之間起了刮鬍子的念頭——連續整個星期的耽溺，讓他看起來就是一副落魄失魂的樣子，他想讓自己改頭換面一下，覺得自己和上流階層的活動內容要有比較接近的距離。他將鬍子剔除得非常乾淨，對著鏡子邪邪地笑起來，他在變態。他穿上了筆挺的襯衫，又繫上領帶，幻想自己是能左右繁榮走向的高階領導，預備去裁定財富的分配，要讓繁榮跟著他的腳步。他非常滿意這個樣子，一點也看不出來是個無惡不作的匪徒——即使是幻想，也是信心十足。

城市的夜有絕對優勢的黑暗，阿不拉藉著暗夜的掩護四處潛行，漫無目的駕著名貴的贓車繞著城市的蜃樓轉圈子。要不是他自己覺得精神分裂，他懷疑長久以來一直沒有改變的動機，難道不想自己駕著自己的汽車，光明正大地進出，不要老是喜歡躲在黑暗的角落窺覬光明。正念才剛剛升起，他馬上又被城市的霓虹吸引，將汽車停在一家知名酒店的對向車道旁，專心監視著。這天他盤算為自己換一部馬力更大的房車，已經鎖定了目標，等著。

即使是自己單獨做案也不再覺得有什麼好心驚膽跳的，阿不拉很篤定，洪仔輝交給他的手槍就放在座椅底下，已經上膛等著。引擎沉靜地運轉，只要人在車上，阿不拉始終讓車子保持惰速的待命狀態，隨時都可以像矢一般疾射出去。蟄著，他又開始顯露出躁動的特質，懷疑天底下難道真的沒有類似心想事成這種可以在瞬間滿足慾望的情狀？他努力地想，又不知道為什麼這天要繫上領帶，無厘頭將領帶扯下來，莫名的忐忑又來，卻沒有發現幾個彪形大漢悄悄地圍過來……

「不許動！警察。」

阿不拉第一個反射動作就是拉下排檔桿，車子飛快地竄上馬路，很快地在快車道上忽左忽右向前流動。必須在短時間裏擺脫糾纏，否則會有群蜂似的警網從四面包夾而來，到時候突圍的機會就沒有了。

刑警駕車緊咬著不放，阿不拉感到有子彈射進來，意識到有大批警力圍攏上來，四處都有刺耳的警報器響著。他開槍還擊的念頭來了，卻突然又被一個害怕被打死的念頭推翻，他感到害怕，感到自己的正當性不夠，感到自己理虧，他在顫抖……。趁著一道過彎，他將手槍丟出了窗外，慌張地對著迎面而來的紅燈號誌——

阿不拉又落網了，高速產生的離心力將他連人帶車甩進一大片才剛剛插完秧的稻田裏動彈不得，警報聲很快將他團團圍住。他被拖上警車，兩個警察先是一陣拳打腳踢，然後將他直接押往轄區警分局偵訊。警察調出他累累的犯罪紀錄，知道挖到了寶，根本不會相信他只是駕著贓車閒逛而已：

「游龍吉，老實講，有做的案，一次交代清楚，若無……你知影借提的滋味……」

「喔——你要我講啥？」阿不拉毒癮發作起來，像是要嚥下最後一口空氣似地。

「嗯，你無吃毒無元氣，對否？」警察露出狡黠的笑容，從抽屜裏拿出一小包海洛因丟在桌上。

「游龍吉，跟我配合，這就給你……」警察將那一小袋海洛因捻在手指間，在阿不拉的眼前晃盪。

警察的惡誘，那一小袋海洛因讓阿不拉的意志在瞬間瓦解，他供出了幾件搶案，又擔下了幾件莫名其妙的案子。於是在正義的首肯之下，阿不拉被允許在警察局裏公然吸食海洛因。這不是什麼正義或非正義的科學，是劣行惡誘。

「做案的槍枝……？槍要交出來。」警察又問。

「早就丟大圳溝……」

犯行很快被定讞，經過了冗長的偵訊、海洛因的淫誘和司法的檢驗，阿不拉被以懲治盜匪條例判處有期徒刑十二年，再一次被送進了警戒森嚴的監獄——

阿不拉又進了監獄，卻是在逐漸復原當中，像是害了一場大病後，重新找到呼吸喘息的訣竅，嗅著空氣的芳香。

類似這種重生的情感和痊癒感知，幾乎都只在監獄裏發生，阿不拉感到特別疑惑，為什麼無法預防自己的舊疾復發？週遭的虎豹鷹梟也都有著和他同樣的情感——只是，大家似乎都要假裝出一副冥頑不化的樣子，誰也不敢表示害怕或者是誰有意改邪歸正。

監獄上空的雲開始有了意志，像大地四季的意向，讓植被變換著各種不同的顏色，這些變動卻都沒有聲音——雲的累結，植被的枯榮，如果說紅土層是孕育相思樹最好的土壤，那麼阿不拉心裏最高潔的思想大約都因為高牆電網的關係。他的思想又澎湃起來，與生俱來的人類靈性如此易動敏感，這和所有勸人為善的教化無關，也和天條法理沒有聯繫，而是來自於阿不拉內心，一種深沉卻可以直接聽到的聲音，不假外求。

阿不拉開始進入一處真空的畛域，在善惡之間，一處非常熟悉的存在狀況，就像數線上那個零的位置；他覺得懵懂，但可以傾聽，很像在監獄裏經常可以聽到的歌聲——

「奇異恩典——何等甘甜——我罪已得赦免——」

在朝露開始昇華的時刻，從相思樹林裏流洩出來的音符，那一陣靈波流光膠似地將阿不拉緊緊地黏合，抽動了一條最隱晦的神經；阿不拉全神專注在手上的球拍穿線工作上：

「喂，天賜，那是誰在唱歌？」阿不拉問同房的牢友。

「一些吃飽尚閒，沒大誌做的。」天賜說。

「吃飽尚閒？」

「是呀，你不知耶穌就是吃飽尚閒；要叫我去信耶穌，不如送我一盒鳳梨酥。」

「嘿——我是講那歌不歹聽。」

「好聽就報名去聽，哦……你信啥麼教？」天賜問。

「我自己也不知。」

阿不拉傾向喜歡奇異恩典的旋律，更傾向相信罪可以得到赦免，他說不上來那種悸動的感覺，幼嬰般地全然信賴，也像梵音同樣可以將他帶向無邪的場域，可以貼近心靈。

「阿不拉，會客。」突然被通知會客。

很長一段時間沒有人來看過他，阿不拉想不起來有誰會在這個時候和他還有瓜葛。經常入獄讓他很早就習慣了一個人的世界，他仍在回想那段旋律，手上撚著檀珠，他在尋找可能的依靠，可以安心地躺下來像是嬰孩一般。

前往會客的路上，他幾乎不帶任何情感，不覺得有人必要在會客窗台前面出現，該醱酵的情感都醒過了──

「阿嬤……？！」

「你這個囝仔……」

「阿嬤，我……，我真快就會返去……」

「哎……，你自己要會曉想，要相信世間的因果……」

「我知……阿嬤，你怎樣知影我在這？」

「穩定仔講的，今年你無返來過年，阿嬤就知影你又出大誌呀……，咱庄仔內那個昆宗，知否？大昨日清明，伊返掃墓，順刹來厝找你，哎…，阿嬤講你人在監獄……，伊人真好，也無棄嫌，是伊駛車載阿嬤來……」

「那個臭頭仔昆宗？」

「啥麼臭頭仔，人伊今是在做律師。」

「我曾聽講，伊找我要做啥？」

「伊講十幾年無看到你呀……，對啦，是不是拜託伊幫你跟法官講一下，加減嘛減關幾年。」

「免啦——我的案已經判好呀。」

「哎——那年的爐主若是咱來做，你今也不關在這做犯人……，咱的命那會這歹？」

「阿嬤……」

「哎——你在內底，若有閒，要加減呀讀冊，日子一光一暗，真快就會過去……，你看人昆宗……，咱要靠神明的加持，要虔誠，阿嬤會等你返來娶媳婦，阿嬤老呀，阿嬤……」

短暫的會客時間，阿不拉像是做了一場夢，醒來的時候，夢很遠了……

一道溫濕的淚痕還在頰上，映在會客窗玻璃上，重疊著阿嬤臉上幾條豆漿膜似的皺折，那一頭稀疏的白髮，龍眼籽眼睛盼要視穿那麼多的等待……；才一個瞬間，窗台上的鐵閘緩緩地落下來，分開重疊的掙扎。

阿不拉仍然一路哼著神明的旋律，他的五臟六腑被煮沸了，他要尋求感應，要找到一處出口，要在諸神面前喚醒一段極其微妙的提醒，一種他從來不曾認真面對的信仰。他又變得安靜，喜歡從靜謐中一溜煙逃回故鄉海邊的堤岸，在波光粼洵的海洋面前靜觀自然萬象的變化，只有在那個時候他才能顯出天賦的靈性，聽出那無聲，美的樂音。

如果罪行真的可以被赦免，阿不拉仍舊夢想為自己編織一頂象徵返璞的斗笠，一頂代表重新回到自然源頭的騰冠。他選擇了山麓上空盛夏的大藍，深秋多變的高空雲彩，冬夜在監獄樓台上踱步的貓的靈犀，最後再加上春天沸騰的斑爛——所有他可以選擇的，都是掬手可得又絕對負擔得起的——

大藍是為驅趕陰晦，累結的雲讓單調有了變化，貓的靈犀加進了思想，那一道沸騰的斑爛迷彩即是可以擁抱的夢想。阿不拉一直想為阿嬤，也為自己真正做一些離幸福比較近的事情。四十歲了，他還可以抱有理想，是夢想，不是幻想，在故鄉的海邊……

大海上的星辰亮著不凡的光暈，這夜發生了許多事情，在阿不拉思維宇宙中奔闖，同樣在大度山上，凝爍著同樣的銀煉。

風——輕的像是時間的慢光，重溯到一個原始的存在，綣著；風裏的恩典，阿嬤的紫檀珠……

阿不拉從奇怪的夢境裏醒過來，心頭一陣酸，一直到天亮都沒有睡去。

第五篇　傾聽顏色的聲音

寰宇的變動，一刻也不會停歇——

人，都疲憊不堪了，事件和現象卻還是層出無窮。

整個宇宙的運作帶來了永無止境的問題有待解決，根本是因為人心，這一大隊人馬一路循著問號滿佈的行星軌道，在幾十億恆星的環伺下前進——其實，問題並不存在，寰宇的萬象中到處都是答案，事件可以不證自明，反反復復會在正反相對之間爆炸、調合，緊接著進入一段新的秩序，繼續向前解答人心自身徒增的困擾。

繁榮也還不會停止，生命不會只是一段尋找泥土的過程，那是人性貪婪的一場疊羅漢，一場蓄意抗拒自然萬有引力的運動大會。它在加劇貧富的差距，鼓動正義與非正義的對立，蠱惑邪惡與良善的相互攻訐，要一直等到一個臨界的高點，當繁榮變成拾荒，各種力量在爆炸衝突之後取得平衡，所有現象都回歸到所在的重力方向時，新的秩序和真實的公平起點才會真正出現。其間的遊戲規則不過是人心企圖達到繁榮的一種陟罰工具——是對立的始作俑者，是架構犯罪的語言。

繁榮在引導犯罪，是犯罪加速繁榮，然罪與罰千古爭辯，幾千年來也只能沿襲無力改變的監禁傳統方式，甚至以合法公開殺人的粗劣報復手段，佯稱為伸張正義的必要途徑，卻始終讓「繁榮」這隻犯罪的幕後黑手千百年來消遙法外。繁榮絕對不會單獨等於正義或非正義，它只不過假裝站在中間，它不具備自我反省的能力，就像個頑固的老人家，堅持用最古早的方式數落別人，用法律規範來加持它的正當性，以保持它帶領前進的地位，保持權威。

望高寮下方這幾面異常高度的灰牆，是這十年前後的事情，繁榮擴張得厲害，犯罪產出的速度依照著比例原則跟進，罪犯遭到繁榮不負責任的撻伐，除了大興土木建造更多更高的圍牆之外，還歇斯底里地厲行嚴刑重罰——危險地忽略了人心的不可實驗。

黃梅雨才剛剛開始，就像有誰安排計劃好了似地，知道該在什麼時間和地點讓焦燥的人心先冷卻一下。梅雨其實是老天安排跟在杜鵑花開之後，另一場大地的重要行事，牆裏牆外不會有什麼不一樣。阿不拉在監獄裏熟記了四季的變異，和在四季裏各種現象的不同徵狀，甚至是每個季節的不同味道都能輕易分辨察覺，他的感知在一處不被自己洞悉的高度。監獄裏特殊的禁錮環境讓他的官能完全開放，就像剛剛大雨過後看見的一隻大蝸牛，將頭上的觸角伸出了最敏銳的長度，從牆角一直對著牆頭的方向爬去——

阿不拉揣測那隻蝸牛選擇爬上牆頭的原因，大概是蝸牛並不清楚一牆之隔的所在就是看守所，戒備一樣森嚴，一樣沒有自由，否則牠一定不會選擇爬回去。這個解釋並沒有說服阿不拉，他覺得自己不過是將自己心裏的想法投射在蝸牛身上，但蝸牛並不是他。

他開始假想如果自己是那隻蝸牛……

這的確是個有趣的問題，阿不拉幾乎很少有過這樣對自己提問的經驗，甚至是以這種同理對等的角度切入問題以尋求答案；今天工場裏恰好沒有工作，這個問題就這樣持續了一天。阿不拉猜想，如果這隻蝸牛沒類似和他一樣的自由概念，那麼牠的行動目的是什麼？為什麼牠選擇攀上高牆？牠要去那裏？牠不幸地活在監獄裏面，活著是為了什麼？牠知道不幸是什麼東西嗎？牠知道什麼是被監禁的滋味嗎？

很快就有了第一個結論，如果這隻蝸牛並沒有這些問題，也沒有類似這種「想」的能力，那麼該怎樣解釋這隻蝸牛，牠可憐？悲哀？阿不拉顯得有一點點驕傲……，其實，是很複雜——

「天賜，你看那隻露螺。」阿不拉指向那隻蝸牛。

「露螺？」

「是呀，你感覺露螺活在世間要做啥？」

「露螺？活在世間要做啥？你是人在發燒嗎？」天賜不解。

「講真的，那隻露螺不知整天在做啥？」

「伊在做啥？」天賜笑了。

「幹——跟你講正經的。」

「嘿——這個問題我跟你講，露螺一世人只有二項大誌要做。」

「啥麼大誌？」

「喫飯……和打炮，哈——！」

天賜戲謔，阿不拉卻想得認真，是這樣嗎？

這隻可憐的蝸牛每天吃力地爬來爬去，竟然只是為了填飽肚子和交配，這種對生命熱烈卻又好像沒什麼意思的一生，這隻蝸牛到底能得到什麼？說不定他明天就會被一腳踩爛在看守所那頭的水泥地上，生命還有什麼值得企盼的？在一種自我想像空間裏，阿不拉取得了生命對比於蝸牛的優越，除了暫時被剝奪的交配權利，他還有許多事情可以做，至少他有理想，他在計劃，而蝸牛沒有。

阿不拉感到欣慰，人比人氣死人，人比蝸牛總算有那麼一點值得安慰的地方——那就是思想，和思想裏面的理想。阿不拉顯然意識到他有了想望的樓高，他假想自己是一隻蝸牛，一隻具有推理能力的蝸牛，他絕對不會選擇監獄和看守所之間的那一道高牆，他會選擇一個確定得以自由的方向爬出去，爬到一個沒有圍牆的地方，永遠都不要再進來：

「阿不拉，聽講你假釋准囉。」天賜問。

「誰講的？消息不知是不是靈通？報第二次……，你看會准否？最近刑法三天變一次……」阿不拉怦然一驚。

「教區的雜役仔講的，安啦，你甭黑白想，這幾天大家買些水果慶祝一下，社會再見。」

「天賜……，我看免啦，喫喝，有的是機會。」阿不拉猶豫起來，有不同的想法。

「啥麼免？！兄弟仔逗陣，爽快就好。」

其實就是時間在變魔術，它縮短了原本遙不可及的一段距離，它改變原本無法改變的各種事實，只要加進時間的參數，就算是最頑固的人心都要改變。

阿不拉這次入獄已經將近七年的時間，他又看見了許多別人的故事，也一再回想了自己的故事，這種親知性的感受既深刻又震撼，雖然他一直都無法具體陳述這樣強烈的情感為何，卻可以清楚地算出自己曾經活過的日子裏，幾乎有一半的時間是在監獄裏渡過的——顯然地，他的人生加法一定有什麼地方出了差錯，否則等號後面似乎看不見任何東西。他也開始注意到這幾年來身體的變化，他的皮膚很早就褪去了小時候那種海邊的顏色，替換而出的是一種女人特別喜歡的不自然白皙，這種白皙不需要特別保養，監獄裏到處都是。如果除去白皙皮膚的刺青不算，阿不拉實在不像個壞人，他的臉頰豐潤，眉毛線條裏找不出過去那種橫眉怒眼的兇惡模樣，長時間的禁錮生活讓他完全進入到自然的律動中，他的脈博跟上了行星的節奏。

大度山上的星光燦爛，阿不拉得知假釋獲准之後，這夜的氣象的確非凡，他開始認真觀看眼前就要被打開來的這一扇窗，盤算著該怎麼樣面對這一道睽違已久的光。他的第一個念頭其實就是在問他自己——要不要將這一次七年的牢獄之災視為一種理所當然的犯後懲罰，他不會記恨這七年虛擲的歲月，然後說服自己走一條不一樣的路。如果他並不這麼想，那麼他知道他將在出獄之後設法再犯案，並將犯案視為一種補償自己入獄的方式，也就是完全不想認錯，也不想改變過去那種既定的加法程式。

監獄的目的是恫嚇、報復、隔離還是矯正？當正義得到了滿足，非正義就不再出現了嗎？其實答案都在阿不拉心裏，當假釋案有了消息，他已經開始慎重地考慮即將前進的方向，幾天都是夜不成眠：

「喂，我看你整暝翻來翻去……，想厝？」天賜說。

「是呀！想講……這趟出去要返去故鄉，不知要做啥好？」阿不拉直瞪著窗檯裏那一框魆黑。

「想要改邪歸正，對否？」

「唉——若無，會鬪鬪死！」

「出去再好好計劃一下，若拚過面，榮華富貴就享盡一生。我跟你講，在外口餓死不如在內底關死。」

「唉——講關不驚是騙人的，我前前後後關十八年，沒幾年好關囉！」

「沒這簡單啦，改邪歸正？一把年紀呀，我問你，除了做歹大誌，像咱這種人會曉做啥麼正當工課？」

「天賜……，你有信神嗎？」

「這和神有啥麼關係？」

「我是在想……，過去我在作案的時候，總是提心吊膽驚人知影，驚抓入來關，有時候根本也不感覺自己是在犯罪——其實，我今有一種感覺，不管是人知還是不知，只要是得罪到神明，就是犯罪，一定會有報應！」

「報應……，嘿，大家若相信有報應，監獄就免一直起，愈起愈大間。你知否？咱這聽講是全東南亞規模上大的監所，你認為是見笑還是光榮的大誌？若大家認為這是報應，我問你，是社會的報應還是咱個人的報應？我跟你講——是社會的報應，是神明在制裁這個社會……！啥麼是犯罪？啥麼是法律？幹——這完全是人編出來的，不是神。」天賜似乎一發不可收拾。

「你講的是有理，不過……，真多大誌應該是咱人在控制，親像我要偷要搶，完全是我自己的決定。天賜……，我感覺你真鐵齒，莫怪人講監所內底只有兩種人，一種是冤枉的，一種和你同款——鐵齒。」

「你講我鐵齒，我承認，但是我跟你講，我也曾被冤枉過，你要信嗎？幹伊娘——這些警察仔狗囝……，恁父若有機會是一定會報仇。最近花蓮打死幾個警察，你當作只是要搶槍？幹！那是在報仇，是報應！我問你，你感覺若去做歹大誌有可能完全沒人知影否？」

「完全沒人知影……？我看是沒可能。」

「你講不可能那是因為你會驚，驚法律的制裁，提心吊膽做的大誌沒妥當，只要你有法度將歹大誌當作不是在犯罪，我跟你講，大誌就神不知鬼不覺。」

「唉，不可能，明明是在犯罪，哪有可能光明正大完全不驚，當作不是在犯罪——而且，法官有可能不知影，神明和鬼是絕對不可能不知影。」

窗檯上那一幕魆黑冉冉變化著顏色，一種無聲美的樂音正透過大自然的變動舒緩流洩，幾隻固定出現的早起麻雀和著自然的旋律，在囚犯的晨曦時刻，讓所有的現象都進入到一個精神概念裏——和光同塵。

阿不拉搶先佔到窗檯的位置，心裏仍不時想著昨天夜裏和天賜的對話，想不懂自己為什麼突然間提起神明的存在，就像許多人說的寧可信其有，但似乎又不會只是寧願相信如此而已。他覺得在他的過去經驗中，確實有神鬼的介入，如同他現在可以凝視到光的顏色，透過變化，他感到一股凜然的氣勢在靜謐中運作——一股神性。

會不會是寰宇中的萬象都跟神明有關係，能被感知和不能被感知的，世間的法律規範和神明的天條如果真的有聯繫的話，那麼報應的說法就應該存在，神明也就絕對存在於另一個肉眼無法透視到的冥靈空間中，其感神之力無法解釋。阿不拉在對於未知的疑慮中有了恐懼，他知道自己心頭上還懸著幾顆大石頭。

連續整個星期的雨勢，山麓上的植被飽和著來自海洋瀆作的溼氣，預備要在即將回來的夏季裏沸騰。持續的陰霾沒有給阿不拉帶來灰暗的情緒，他在等待那張可以讓他通過層層關卡的釋放條，每天都沈浸在遐想的虛擬中，虛構著闊別很久的自由情態——其實，也是憂喜參半。

這天他才剛曬了棉被……

「六二七」阿不拉一驚，擴音喇叭傳來他的刑號，和一般釋放條來的程序不一樣。

阿不拉意外地收到一張法院的傳票，緊接著在中午休憩時間，山麓上空那一大片烏雲就沒撐住太重的陰沉，啪啦啦就是一場傾盆大雨，視線裏被覆上一襲灰濛，阿不拉很努力地想看清楚：

「阿不拉……，你是還有另案……」天賜跟著狐疑。

「不可能……，應該是要傳我作證才對……」阿不拉思考擁塞起來。

這張傳票跟著黃梅雨來的，溫溼的天氣讓阿不拉急著想等到一個晴天，急著將霉爛的棉被曬出味道。他一直很期待的就是太陽的味道，一個已經非常遙遠的美好記憶，而且他也一直希望讓皮膚重新回復海邊的顏色。

不確定感和梅雨將阿不拉原本晴朗的情緒都陰溼了，一直等到梅雨突然結束，天頂再度出現大藍的時候，阿不拉已經到法院出庭應訊過了，心情卻沒有大藍的顏色——

「阿不拉，到底是啥麼大誌？我看你出庭返來，整個人就變了……」

「唉，甭問我，我今心頭亂槽槽……，幹，這個穩定仔……」

「穩定仔？伊不是恁逗陣的嗎？」

「逗陣……？逗陣要相害的，唉……我知影伊是針對我來的。」

「針對你……？是不是還有另案？」

「哎，甭問我……，你看……我的釋放條到底是會來還是不來？」

「應該是會吧，照理講，你假釋已經准呀！」

阿不拉在一種撕裂中殘喘，這次的經驗前所未有，是他在底層黑暗的深淵裡翻滾，像在溺死之前，他別無選擇凝視到自己最深沉裏面的聖靈思想、感覺，以及自己情慾上那樣顯而易見的驚惶、痛苦和掙扎。這個過程中，他意外地察覺自己被活生生的分裂，像他在面對法律裁判時的經驗，在庭上看見三個立場迴異的角色，法官、檢察官和被告自己。在人格上，他被分派站到類似法官的一個絕對必要的超然立場，面對著兩造之間一個最原始且追求情慾的被告自己和另一個良心部份的自己加以取證裁奪。阿不拉為難起來，他完全沒有能力整合，也無法做出最理性的決策，他不知道該怎麼辦才好。

太陽老早就在北回歸線上空站好位置，氣溫逐日攀升，監獄裏的排氣扇群起對抗著舍房裏躁進的溫度。阿不拉跟不上自然的節奏，他的精神正在消耗，頭頂上那台旋轉電風扇吃力地想把渾濁溫熱的空氣冷卻，竟意外地將空氣攪拌出更奇怪的味道。

煎熬，是一種燃燒狀態，它要烘乾阿不拉內在心靈的水份，加上天空連續的大藍，那種杳茫不可靠的現象感知又在他心裏折射出就在眼前的蜃樓，他持續前行，不能轉頭回去。他的假釋案在工場裏引起了熱烈的討論，大多數人不會去在意他的煎熬，人性不太可能會在監獄裏彰顯出什麼光輝——特別是在人犯與人犯之間。在封閉的監牢裏，同情其實等於慶幸，阿不拉知道在這樣的地方沒有必要把自己可能無法假釋或是痛苦的事情說出來，因為一半的人不會關心，另一半的人幸災樂禍。

工場作業持續運作，不會為了任何人而停頓下來……

「六二七……」

「龍吉，領車票，釋放條來呀！」工場裏一陣騷動。

這天早上剛剛開工，阿不拉卻好像還在作夢，他不確定真的可以通過層層關卡而不會被攔下來，但他不得不相信六二七就是龍吉，龍吉就是他。這大概是因為他的神明威神之力，感受到他最近的虔誠，總是在晨昏學著祈禱，也學阿嬤那樣許願，讓釋放條來得一點也不足為奇。像今天的天氣，沒有大藍也沒有陰霾，卻有溫煦的亮度——來了，這張釋放條讓工場裏的人心起了一陣怪誕的婉惜，阿不拉無暇理會，他很早就厭棄了這裡經常性的虛情假意，大約就像布袋戲裏的黑白郎君所言——「別人的失敗就是我的快樂」；別人的刑期可以安慰自己，假釋出獄卻會為留在裏面的人帶來痛苦。

阿不拉隨著戒護主管前往中央臺驗明正身，只要中央臺確認他就是「六二七」，就是「游龍吉」，他就可以光明正大地通過層層的戒護關卡走出去，這確實是個奇妙的感覺，雖然已有了幾次出獄的經驗，但感覺愉悅的強度一點兒也沒有變少。今天的雲層纖薄，太陽透著淡淡的柔光，說不上來的舒緩，阿不拉嗅出了大度山麓上特有的一種草本香氣，他靜靜地往中央臺的方向前進，感受這次入獄的漫漫七年時間，現在不過是在他腦海中的一道浮光掠影，瞬間就劃過去了。

中央臺就是每個監獄的中樞——支配所有行往坐臥視聽言動的大腦組織。阿不拉很快地回答了戒護人員依例提出的一連串個人資料提問，就等戒護人員帶他前往通向自由的最後一道關卡——然後，他應該會到望高寮上看看，聽說那裏視野極佳，是個可以俯瞰世間情感的好地方，阿不拉心想，他要一次看夠，然後回家，在望高寮望不見的最南邊——

「游龍吉，你都沒帶其它東西嗎？」戒護人員問他。

「沒……」

「來，這是押票，簽名蓋手印，接押到看守所去。」

「接押！對還不對？」

「對呀，你不知道自己還有另案嗎？」

這不會是神明開的玩笑？是阿不拉意會錯的，今天太陽的暈氣鬼怪極了，天才亮就顯得陰陽怪氣。阿不拉暫時不能思考，否則他要失控。他的眼睛無神，兩條腿一點力氣也沒有，他不認為這是冥靈中神鬼安排的遊戲，而是一場活生生的凌遲極刑，他的四肢被斬斷，扼住喉嚨，從天堂被丟進地獄，他早應該想到的。

生命又重新回到有氣無力的喘息，這不是造化弄人，阿不拉心知肚明，只是他一直不明白，在他的經驗中為什麼很少有僥倖的情境出現，他的運氣為什麼這麼差？他又開始假想自己是那隻蝸牛，選擇了一個最不好的方向爬回看守所，他現在感受不到任何優越的地方，寧願自己就是一隻蝸牛，寧願放棄「想」的能力，因為他痛苦死了，躺在地板上蠕動著……，要變成一隻蝸牛，要變成一隻蝸牛，他可以馬上爬出去，爬出去……

時間停了下來，看守所裏的時間沒有前進的刻度，連地球都會停下來等待，這完全迥異於監獄那種漸進的概念。阿不拉被編了一個新號碼，重新來到一個熟悉但排斥的點上，任何事情都等於未知，他的仇恨再次達到燃點，把所有的負面情緒都蒸發出來，這個該死的李文定……

「『三七二』會客。」阿不拉的新號碼。

「『三七二』……」雜役又喚了一聲。

「喔……」阿不拉還不能完全意識出他的新符號。

「會客哦。」

阿不拉跟著會客的行伍進入一條地下走道，這條走道從中央臺下面一直通往會客室，大概是因應戒護上的考量而設計。隊伍的前進速度很快，每個人都急著坐到會客窗檯前，滿足自己各種情感的需求，透過鐵窗，壓克力玻璃和一具對講機。

阿不拉跟在迤邐的隊形最後，前面有個死刑犯拖著腳鍊走得都比他快，他不懂得此刻的處境還會有什麼多餘的需求，情感只會帶來痛苦，經驗告訴他不能有太多的感覺。

阿不拉忽然又想起死刑犯戴著腳鐐打籃球的樣子，那根本是死前抽搐，談不上什麼娛樂效果。他坐到被指定的窗檯前，窗檯上那道電動捲門開始往上捲動：

「喂，阿不拉。」

「木春……，你來做啥？」

「唉，我去監獄找你，才知影你接押來這……」

「你找我要做啥？幹，你是不是跟穩定仔串通好要害我？」阿不拉瞪著眼前這張善於欺詐的嘴臉。

「哎——我害你要做啥？你自己知影，自從你去我那開槍以後，咱就不曾聯絡過，而且你搶來的珠寶也是洪仔輝在處理，好加在洪仔輝有抓到，在警察局的筆錄講查到的鑽錶是你拿去和伊換毒品……，我完全不知影。」

「幹——你不知洪仔輝已經死呀！那些錶仔是我和伊換藥仔沒不對，但是我並沒跟穩定仔去搶，洪仔輝伊自己知影——你娘哩，今死無對證，穩定仔要叫我陪伊死……」

「洪仔輝什麼時候死的？」木春仔臉色詭異起來。

「死整半年呀，剛來看守所的時自殺死的……，幹，你免歡喜，伊進前曾跟我講，一些珠寶商的資料是你講的……，我若要沒命，你也免驚無鬼可做。」

「哎喲——我完全不知影半項。」

「你今啥麼攏不知，若不是你，我今也不走到這個地步……」

「阿不拉，大家兄弟一場……，那時候……你吃毒吃到不清不楚，對我開槍，我也沒怪你……，這完全是穩定仔在弄狗相咬。你先甭生氣，今我是要來跟你講恁阿嬤的大誌……」

「阮阿嬤伊人是怎樣？」

「我兩禮拜前有返咱庄內，你阿嬤身體不好，人老呀……，拜託我來看你，叫我問你到底啥麼時候才要返去，我一時也不敢講你這的大誌……」

「唉——你就講我真快就返去。」

「主要是昆宗伊阿爸，叫你阿嬤將土地的名過給你，驚萬一以後要繳一筆遺產稅……，昆宗可能最近會來看你，伊在台中這在做律師，我是想……你應該將你的大誌跟伊講，這件大誌無律師不行。」

「我那有錢請律師……」

「錢的大誌放心，我有法度，而且你阿媽那塊地今有一仟萬的價值。」

「一仟萬？」

「對呀，這幾年真多財團去咱那要起渡假飯店。我跟你講，律師費我來出，免煩惱。」

「為啥麼你要出…？」

「唉——阿不拉，我講過，咱兄弟仔一場，我木春仔的人，可以去探聽……，總是……過去的大誌，甭在法官那提起……，你放心，該當要做的我會做，錢的大誌你放心……」

「原來，你是無事不登三寶殿，木春仔……我看你是心內有鬼。」

「你甭黑白想，我等下出去郵局先匯三萬塊入來……，唉，阿不拉，我坦白跟你講，你阿嬤今在病院——但是放心，外口的大誌我會幫忙處理。」

「阮阿嬤到底是怎樣？」

「已經開過刀，醫生講要看伊回復的狀況……，你免煩惱，我會處理……，你自己要保重，我看你的氣色真歹……」

會客時間結束的號音傳來……

阿不拉掛上對講機，吃力地看著眼前這扇原本深灰的電重鐵閘，不知何故蒙上了一層淡薄的霧狀緩緩降下來，切斷他官能的視覺，情緒像是洪水般地擁塞翻騰起來——那麼多問號、需求和忿恨。

這就是監獄無以倫比的力量，阿不拉被迫要去面對年湮代遠的陳年舊事，念頭在年代的鍵盤上跳動，忽一個高音從凌亂的幼年記憶開始，躍過斷層，繞過迂迴的山徑，踏進又一個低度音域的迴場，再轉向繁華都會裏夜夜笙歌舉宴的虛迷浮華。全部的記憶不過是一個瞬間接著一個瞬間，全部的念頭好像只有在監獄裏才算得是真實永遠的現象。

眼前的鐵閘不會是真的，一個瞬間接著一個瞬間，它在變動，那一層淡薄的霧狀又濃了……

「『三七二』，發什麼呆？」戒護人員催促著。

「哦……，歹勢，我目睭親像有霧……」

「霧……？」

阿不拉起身走向樓梯間，緊緊抓住那條紅色扶手進入地下走道，眼前的行伍人影晃動，像是罩著能散出微光的暈，在他眼前流動——他開始擔心地跟著。

就在要進入中央臺前的那一柵鐵門，阿不拉沒有跨過橫在地面的鐵桿，一跤跌在磨石子地上：

「你目睭是生在頭殼頂是否？」

「歹勢……我的目睭……沒看到。」阿不拉一驚。

阿不拉被送進看守所病舍，他的糖尿病疾逐日惡化，視力也越來越衰弱，眼前總是被撲上一層粉粉的帶著微暈的淡灰色，除了光線還可以透析之外，所有鮮明的顏色都漸漸失去了強烈的色調，和他的情緒一樣，為了不能清楚地看見未知而灰暗焦躁起來。他的活動範圍變得更小，阿不拉又開始幾天都不說一句話，就像他第一次聽到他阿母是個妓女的時候一樣，開始把熊熊的烈焰往心口裏推，只要碰到了無法找到答案的問題，他都需要安靜下來。他安靜的像是一根木樁，每天杵在病床上盤著腿，也慢慢地習慣在醒的時候把眼睛也闔起來，因為即使張開眼睛也已經看不清楚什麼東西了。

這一段逐步喪失視力的過程，讓阿不拉掉進了一個比監獄還要監獄的詭域，他完全沒有預備當一個瞎子的打算。他的路好像就這樣斷了，為什麼又是他？他的假釋已經核准了，是誰在開這個玩笑，他要回那個寥落的漁村，回鄉！

「總來呀……！」阿不拉歇斯底里的嘶吼劃破了闃寂的長廊，為了命運，還有他做過的所有壞事。

阿不拉不穩定的情緒讓他被戴上腳鐐，送進病舍最裏間的保護房，房裏四週都貼上預防撞擊的海棉發泡，戒護人員將他單手銬在鐵床的橫桿上，還多派了二個身強力壯的同房日夜看著。強力的桎梏觸動了他反抗的本能，他以身體直接對抗牢固的戒具，不停地吼叫拉扯，就像一隻剛被關進牢籠裏的困獸，一直到聲音吵啞了，徹底認識了各種金屬壓迫的強度，他才停下來，在床板上踡跼著一個累的安全的姿勢……

山麓上的風向曖昧起來，阿不拉這年只用了聽覺就分辨出季節時序的變化——加上嗅覺，他的感知意外地比過去更加敏銳，他必要妥善且完善地運用剩餘的官能，是主動也是被動，他在設法取得另一種連繫，類似蝸牛和大自然的契合。眼前堅固的物質實體並非他脆弱的生理力量可以突破，衝撞掙扎只會帶來更巨烈的痛苦，這點阿不拉越來越清楚。

「龍吉，你的律師來囉，快，律見。」病舍雜役的傳呼。

「律見？我也沒請律師……」

「沒不對——快啦，主管叫我用輪椅推你出去。」

雜役的聲調一反平時的跋扈咆哮，很快地打開銬在鐵桿上的牛皮手銬。

風向已經改變，阿不拉被推出藥水氣味彌漫的病舍，沁涼的空氣裏挾著一陣陣薄荷花草香氣隨著流動而來，阿不拉趁隙努力地感覺著，聽著。大度山上特有的氣味容易辨認，植被也隨著季節的變異而代換顏色，這一季的枯黃讓阿不拉記住了它的味道，在風切的聲音中跨越了官能的蒙障。

律師接見室就位在中央臺正向前方，有點像是壞人在好人領土上的辦事處，在這裏每一個壞人在未被定罪前，都應該被視為好人，或者假設為好人。對於當事人委託的律師而言，基於追求證據所顯示出來的真相，其立場有時候也是尷尬和曖昧。阿不拉沒有請過律師，他不太相信好人會幫助壞人，如果律師大部份是好人的話。他知道是臭頭仔昆宗來找他……，說不定這個木春仔找臭頭仔昆宗串通了什麼……，還是這個臭頭仔故意來看他的好戲，來炫耀他的律師身份，人心真是險惡。

「喔，龍吉……你哪會坐輪椅？我是昆宗。」

「臭……，唉，我跟你講，我沒錢請律師，你來要做啥？」

「龍吉，我本來就想來看你，你的大誌陳木春有跟我講過，還有你阿嬤那塊土地的大誌……」

「是嗎？昆宗，我知影你今真搖擺，專工來看我，是要跟我講你在做律師……」

「我完全沒這個意思……，你的目瞅，是……？」

「糖尿病……，今每禮拜要去洗腎。」

「完全看無嗎？」

「唉——你免問這多，大誌看該當要怎樣辦？」

眼前的這個游龍吉完全跳脫了昆宗即有的印象，完全無法聯想這個孱弱的病體和那個霸道的阿不拉會是同一個人。陳年往事不過就是腦海裏一道浮光掠影，在瞬間同情油然而生。人世的際遇在歷經一道大圓之後，重逢像是一種殘忍。

「你阿嬤知影嗎？」

「不知，你返去免講，老伙仔人會煩惱。」

「唉，你阿嬤最近身體也不好……，伊講你要返去，一年騙過一年，到今還沒看到人，你自己想，八十歲的人，時間不久呀。」

「好啦，你看怎樣，重要的大誌先講講哩。」阿不拉眼皮偶爾撐開，隨即又闔上。

「嗯，龍吉，我這趟主要是為你的案件來的，唉……，這是極刑的重罪，你實在太糊塗……。我看你先跟我講案情大概的經過，我昨日已經看過案卷。」

「啥麼極刑？啥麼案情？這件案我根本沒去作，完全是穩定仔要害我。」

「你是講李文定？」

「你知呀。」

「陳木春大概講過，龍吉——嗯，要坦白跟我講，我才有辦法幫你辯護。」

「我講沒就是沒，洪仔輝那的珠寶是我拿去的無不錯，不過那是穩定仔的。」

「嗯，你是講那四粒錶仔和三只鑽石手指。」

「是呀，我會記是當時我在啼藥，穩定仔來找我……，我要向伊借錢，伊就拿那些錶仔和鑽仔留落來，我拿去和洪仔輝換藥仔……」

「嗯——你意思是講，伊去搶到這些錶以後，因為看你沒錢買毒品，所以將部份的錶仔給你？」

「對。」

「你完全沒參與。」

「是。」

「嗯，李文定講槍枝是你拿去的？」

「那支槍阮曾拿去作過真多案無不對，後來穩定仔講案底太多不放心，堅持槍要放在伊那，我哪會知影伊自己拿去作案。」

「你所講的……是不是還有其他的人看到，還是聽到這些大誌？」

「唉……，時間過這久，我實在想不起來。」

「嗯——你知影穩定仔要去做這件案嗎？」

「我不知，我若知影……我就真正會去。對啦，我親像有印象，有看到這件搶案的新聞，因為事主當場頭殼著槍死去，我有半滾玩笑問穩定仔是不是伊做的案……，然後……，對啦，那些錶仔就是那天拿來的。」

「在場還有其它的人否？」

「沒……」

「龍吉，你想，為啥麼李文定當初時被警方抓到的時候完全沒講你，一直到今才供你也有參與……，這中間是不是有啥麼恩怨？大誌應該是要有動機，無緣無故……」昆宗說。

「恩怨？唉……朋友逗陣時好時歹，要怎樣講起？」阿不拉將頭側向一邊，像是要迴避什麼似地。

「你再回想看……，我的意思是講有啥麼比較卡嚴重的過節？」昆宗直視著阿不拉的眉心。

阿不拉連續兩次語塞，他正處在一種意向狀態中的判斷與懷疑中，臉部卻始終少有表情，心理透過行為反射的模式極其細微。少了眼眸的詮釋，一切看起來那樣深沈難解。

昆宗仍被多數的同情和憐憫所牽制，是在感性的起伏裏找尋理性的平面，即使阿不拉小時候經常性地欺壓他，但這也是他當時所以會發奮讀書的最大推力，以至於到後來選讀法律系都是為了嚥不下被阿不拉從國小欺壓到國中，從強取便當裏的雞鴨魚肉到搜刮口袋裏的零用錢。現在這個律師頭銜就是他當時敢怒不敢言的結果，他實在沒有理由再記恨，甚至應該感謝才是——何況，他現在突然又有了一種奇怪的愧疚感，好像就是從同情裏延伸出來的一種良善情感——

當時的烏魚子事件讓阿不拉第一次嚐到了鐵窗的滋味，阿不拉一直都不清楚為什麼警察會知道他偷走了那批烏魚子，其實就是昆宗偷偷告訴警員。接著阿不拉被警察帶走，昆宗感到一股無法言喻的快感，然後趁著阿不拉不在，他會站在二樓陽台上拿石頭砸阿不拉家裡養的番鴨，他在報仇，沒有人知道。如今眼前這個弱視幾近眼盲的游龍吉似乎得到報應了，只是為什麼昆宗卻又要同情起這個人，難道他不該如此下場嗎？難道昆宗不該高興？

同情，是善的一種原始面相——

昆宗起初的確是帶著人性裏部份醜怪的面相來的，就在陳木春告訴他阿不拉的事情時，他確實感到一股無法解釋的快感在最深邃的神經裏抽動，即使他一再警覺地告訴自己，必須避免個體行為投射心理狀態這樣的常識心理，他仍然不知覺地愉快起來——只是，現在情況改觀了，他在同情現在這個游龍吉，他要想辦法為這個游龍吉辯護，他完全相信游龍吉說的，他必需證明游龍吉是無辜的，甚至覺得對不起游龍吉。

證據所顯示的事實顯然對阿不拉不利，而客觀發生的事實如果就如同阿不拉自己說的，這裡顯然就不一致，而事實只有一個。這個事實存在於阿不拉下垂的眼瞼裏面，也在李文定的心底，再就是除了當事人之外，只有神明知道——

「這件案已經將近八年，真多大誌我實在回想不起來，但是事實上我並沒去……，昆宗，就麻煩你跟阮阿嬤講，講我真快就會返去。坦白講，感謝你，我實在沒錢請律師，我看……」

「不要緊，其它的問題以後再講。恁阿嬤那塊地，我看是等你官司定案以後再來辦。」

「唉——這土地要做啥？我今的目睭跟本無法度……」

「龍吉，今官司要緊，其它的大誌以後再慢慢計劃。後一次開庭我會去，你自己在內底要保重身體。」

「嗯……，昆宗，卡早……小漢的時候，實在歹勢……，我……」阿不拉顯得靦腆。

「哎——那是囝仔時候的笑談，今回想起來也真趣味，實在我也是有不對的所在。」

做錯事的孩子。

「你哪有啥麼不對？一直是我在欺負你。」

「其實你不知影，有一次老師在你的書包內底搜到別人的鉛筆，我知影根本不是你偷拿去的……，那是我故意趁大家不注意的時候放入去，故意要害你。」昆宗突然像個做錯事的孩子。

「鉛筆？不可能吧……，你在講玩笑……」

「真的……，害你在教室門口罰跪……」

阿不拉有點不敢相信，偷竊和眼前這個律師怎麼會有關係，更何況還是件栽贓的陰謀。雖然已是小時候的事情，但總讓人覺得人心裏還有哪些沒看見的東西？不過阿不拉的確有這樣的記憶，東西分明不是他偷的，卻硬是被老師狠狠地在手心上賞了幾個大板子，然後叫出去罰站。

「昆宗你甭騙我，就算講是真的也不要緊，反正老師打我也不是一次二次，沒啥。」阿不拉裝不知道。

這一次二次對於阿不拉來說，確實沒什麼好大驚小怪，就像他進到監獄的經驗一樣，二次以上就習以為常了。昆宗臨走還是沒有把烏魚子事件說出來，人性陰暗的一面仍舊必須躲避陽光，這個事件來自於醜惡的一面，如果當時昆宗不說，阿不拉不會在十七歲那年就進了監獄，也許一路走過來就不會是今天這般的際遇，也說不定不會是個壞人，這裏有太多可以想像的也許，昆宗的內疚在良心裏持續地膨脹。

昆宗的出現讓阿不拉有了看似比較齊頭平等的攻防，阿不拉願意相信他可以很快地走出監獄大門不要說再見，他決定回故鄉討海，也學他阿公一樣種洋蔥，只要可以不再回到監獄，任何事情他都願意做。

秋天的凋零很快被埋進土壤裏，在四季風化的過程中，阿不拉聆聽著來自內心的各種情感，時而悲憤，時而感恩，時而天真，時而老奸巨滑，時而鬱滯膠著，時而又狂放欣喜，情感每天都在二個極點上衝突起伏，他驚見自己像是罹患了什麼怪病似地喜怒無常，他在煎熬。時序持續地推演，昆宗的出現並沒有帶來太大的逆轉——經過一審、二審、更一審都判定李文定和游龍吉兩人死刑。

這樣的結果，讓阿不拉的情感停在一處不可能愉快也沒有悲傷的真空地帶。風停了，雨停了，黑暗也已經過去，前進已經停止，陽光卻又不可能出來。這個判定顯然選擇相信李文定的供詞，加上兇槍被查出阿不拉曾經犯下的幾件搶案，以及被搶走的部份贓物被證明是由阿不拉交給洪仔輝，更糟的是阿不拉這次入獄時戴的一枚鑽戒也是贓物之一。基於證據所顯示出來的真相，執法人員有點忽略了阿不拉的辯白，而往有罪的方向判斷，加上阿不拉累累的犯罪記錄，讓他的無罪供詞聽起來一點也不值得信賴——他看起來就像一個演技精湛的專業演員。

死刑的判定像是一股龐大的重力，將阿不拉的思考由意識狀態帶進了潛意識狀態，他赤裸裸地看見自己最原始的各種情感、性慾、仇恨和攻擊，監禁的環境驅動他將仇恨和攻擊轉向慾望的發洩——他不斷手淫，藉著意淫將自己拋離現狀，然後回來，接著又去，幾次虛脫的癱在溼冷的牆角殘喘。他也不再為了有命重返中原而節制飲食，隨時滿足食慾在心理上的需求，然後痛苦地洗腎。凌虐帶給他快感。他痛恨這個身體，沒有必要再為生命過程回想什麼，法律已經很明白地否定他的身體，而且就要決定開槍射殺他！

法律要彰顯什麼？要實現什麼？法律會不會只是報復的真正面相？整個事件有如幻覺一場，是幻覺在保證社會正義，法律的目的就在擴張這個幻覺。

同一個舞臺上，證據在表演各種有可能的現象，而真相只有一個，阿不拉看見了，穩定仔也看見了。阿不拉忽然驚見在念頭裏有個高大凜然的影子倒臥在血泊中，在很久以前，即使呼吸已經到了盡頭，正義卻還要喘息……！阿不拉感到他的憤懣正在痿縮，似乎有一股無法預期的力量要將他帶往一個特定的方向。

死刑在監獄裏是一種最深沈的寂寞——

這種寂寞脫離了大隊人馬的視線，來到月明星稀的荒城，月暈的柔光是最後一道淡微的紫煉，聽說這裡已經非常接近自然脈博的中心，而且沒有空氣可以傳遞聲音，阿不拉很努力地聽著……

這年的東北季風格外囂揚跋扈，要不是相思樹擋下了大部份的風勢，恐怕風蝕的力量就要把高牆蝕穿。山麓上的陽光依舊炫目耀眼，不時以它渾厚的光芒鑄出光潔輝赫的時空寶劍，貫穿雲層，貫穿森嚴的警戒，貫穿了這年最冷的氣團。

陽光的巨刃以它無聲的顏色切割有聲的時空，切開法律的禁欒，阿不拉蟄在靜謐的禁錮空間裏凝神傾聽，想辦法分辨顏色的聲音——其實，時空沒有聲音，有聲音的是顏色，阿不拉固執地要超越這個顯然不是一般概念的藩籬。顏色的聲音太輕，就在一個無聲的世界裏，在心靈宇宙的色盤上，它超越了世間的法理，超越了官能的蒙障，甚至超越了神明，在一處意識最深層，沒有任何物質形體，沒有對立——

「龍吉，你要振作，這還不是最後的結果，咱準備要上訴。」昆宗顯然選擇相信阿不拉自己的無罪推定。

「你相信我講的話？」阿不拉帶著淺淺笑意。

「以我的經驗……我相信。」

「哦，照你的話聽起來，你的經驗和法官的經驗並不同款。」

「嗯……？」昆宗有點不明究裏。

「如果依照你的經驗……我無罪，依照法官的經驗我的話完全就是白賊，到底我有講白賊沒……？今剩我自己和穩定仔兩人知影，對不對？」

「法官有權決定證據，伊若感覺其它的證據有充分的證據力，當然伊就認為你的話不可採信。」

「法官要怎樣知影誰人講白賊？伊也不是神……，人會講白賊，證據有時也會講白賊，法律不可能完全知影事實，事實只有我自己知影。」

「對，咱的目的就是要找出證據來證明你所講的事實，就是要證明誰在講白賊——而且，法官伊會要求越強的證據來避免伊自己做出錯誤的判決。」

「昆宗……，你感覺法官的判決一定正確嗎？我是講你認為在監所內底有被冤枉的人否？」

「當然有，就若你講的，法官伊也不是神，但是法律事實上就是人在執行神的任務，要講伊完全正確是不可能的。冤獄是一定存在，何況是死刑的案件，人的性命是無法度重來，而且國家是不是有殺人的權利也還有真大的討論空間。」

「唉——我感覺法院就親像一個比賽講白賊的所在，講輸的人是永遠沒法度重來呀！」

「龍吉，卡振作哩，咱的空間還有，你看蘇健河案，幾任的法務部長也不敢批，法官的存在不是要講蘇健河是好人還是歹人，法官是要依法審判，以證據論定事實，有啥麼證據就做出相應的判決。」

「嗯……，你看我是好人還是歹人？」

「卡早你是歹人——至少，今我看你是一個好人。」

「是嗎？我今看起來親像好人嗎？唉……，昆宗，世間上最困難知影的大誌就是人的心——其實，你錯了，我根本就是一個歹人，自小漢到大漢，我坦白跟你講，這件強盜殺人……是我和穩定仔同齊去做的沒不對，法官沒冤枉我。」

「你……你有參與？我不信！龍吉，我知影你無鬥志再堅持下去……，你要有信心，我今來是要跟你討論上訴的細節，不行放棄！」

「唉——昆宗，人講證據會講話，其實……人的心也會講話，今我完全有聽到。真奇怪……，自從我失明以後，我用頭殼去想的每一件大誌攏有伊的形體，有伊的聲音，完全和我用目睭看到的不同款——而且，我感覺世間真正有神和鬼的存在，你要相信嗎？」阿不拉又將眼皮撐開。

「我聽沒你在講啥……」

「昆宗——我決定不要上訴，我不是冤枉的。」

「你不是冤枉的……？龍吉，我問你，過去你和穩定仔曾去搶的珠寶，是不是攏是陳木春報的資料？」

「你今問這要做啥？」

「我相信這件強盜殺人案也是陳木春幕後報穩定仔去搶的，而且……伊一定知影你有去沒去，這也是咱這次上訴的主要重點。」

「重點？如果查出來……，木春仔不是就要判死刑。」

「有可能……，龍吉，就算你沒冤枉，陳木春這隻幕後黑手一定要將伊抓出來。你知否？伊今年要出來競選省議員……」

「嗯——天理昭彰，我相信我聽到的聲音，昆宗，真多謝你，我是真正決定沒要上訴，沒人冤枉我。木春仔的大誌……自有天理。」阿不拉抿抿嘴唇，不是要放棄什麼，而是一種認真。

天理來自寰宇星辰萬物的運作——在日昇日落的律則中由抽象而具象。並非阿不拉有什麼對於來自事件真相的反射情緒，阿不拉看見了真相好像不是只有一個，當事實完整呈現的時候，其背候的動機與目的似乎又在指引另一層更趨向真實的真相，更進一步驅動他認真地想像自己之所以願意認罪的原因，包括他過去所有的犯罪事實——

收到判決文的時候正是濃冬，太陽多半把所有的熱情都移到南半球去了。阿不拉正努力的想像，為什麼世間不會是全然的夏天或冬天，為什麼會有四季的變化，而且從來不會缺席。他習慣一直盤腿坐在床上，除了洗澡如廁可以讓他知覺到禁錮的存在，其實他已經很少待在監獄裏了，就像剛剛簽收判決文的時候——他才從洋蔥田裏被叫回來。

病舍雜役告訴阿不拉判決書來了，他停下手上的撚珠捺印簽收，接著房裡就掉進一片死寂，誰也不想先發出聲音，誰都想避開這張訃文——

「本件原判決認定：李文定（綽號穩定仔）曾犯有妨害風化、竊盜、強盜殺人等罪，其中所犯強盜殺人罪經法院判處無期徒刑確定，現仍在假釋保護管束中；游龍吉（綽號阿不拉）曾犯竊盜、搶奪、贓物、肅清煙毒條例、懲治盜匪條例、槍砲彈藥管制條例等罪。詎其均不知悔改，李文定、游龍吉於民國……」

「爰審酌被告二人貪圖安逸享樂，不思以正當工作賺取生活所需，竟共謀持槍搶劫珠寶行商，亟能一夕致富之犯罪動機、目的，所用之手段，造成被害人死亡，且嚴重敗壞國民生活秩序與社會治安，及渠等犯後猶詞矯飾，毫無悔意，態度惡劣等一切情狀，顯已破壞一般國民對司法威信暨社會治安之信賴，犯罪情狀實無法可恕，有與社會永久隔離之必要，故認應處以法定刑之唯一死刑，並宣告褫奪公權終身，以資儆懲……」

真相被文字架構出來，法官在事件的缺角補上證據的坏，於是罪被顯像了，正義可以再一次好像勃起。

判決主文同時陳述了無淚的罪惡和有淚的控訴，文明與繁榮也都以為死刑可以讓兩造重新回到一個公平的起點，一場幻覺式的社會正義於是就像個重度的疾病患者——抗藥性越來越強。

判決書論述了各項證據所詮釋出來，有意識呈現的所謂真相，而在其背後卻有阿不拉無意識呈現，且是更深一層的真相。再持續下去，層層的因果推演越來越能夠說服阿不拉，他必需為自己所有的行為負責，別人知道的和不知道的，這張判決文顯然也說明了一種更無與倫比的冥靈中力量，一種最深層的實相，只有阿不拉自己可以理解、看見、甚至聽見……

「你真正願意認罪懺悔？」

「是。」

「你不驚死？不驚槍籽？」

「驚……，我想……，我會忍耐。」

「為啥麼你不要上訴？你有動機？」

「有……，我親像良心不安。」

「你希望有人接受你、疼惜你？」

「嗯……」

「你不希望別人用怨懟的眼光看你？」

「是。」

「你做的歹大誌不計其數，你自己知否？」

「嗯……」

「你一時衝動或者是心內有怨恨？」

「否。」

「人不是你殺的？」

「不是。」

「有參與否？」

「否。」

「你認為你罪該萬死？」

「是。」

「為啥麼你的目瞅會青瞑？」

「嗯，我……需要聽到真正的聲音。」

「你有聽到嗎？」

「有……」

「所以你不要上訴，願意認罪？」

「是。」

「你希望有重新開始的機會？」

「嗯……」阿不拉臉上劃過一道流星，停在嘴角上亮著。

「好——你靜靜呀躺落來，啥麼話攏免講，來，慢慢呀喘氣……」

監獄的夜晚有一種難以陳述的寂寞，當安靜真正來臨，寂寞其實就在呈現追求生命、渴望愛及對死亡感受的本質。

上訴時效很快地過去，其間阿不拉沒有再考慮什麼，他專心地將自己置在一個熟悉的狀態裏凝神傾聽，即使已經知道將要離開這個物質世界，即將看見死亡，卻知道傾聽是必要的。

阿不拉手上的佛珠無意識地轉動，嘴巴卻輕輕地唱著那首經常在監獄裡輕揚的奇異恩典，他相信佛菩薩不會因他唱了奇異恩典就不給予庇佑，也相信耶穌不會因他手上的檀珠就拒絕他接近。他喜歡梵音帶來的安適和那首奇異恩典的甘甜，而且一點也不覺得矛盾——顯然地，已經知道自己內在理性的要求，知道自己真正可以原諒自己的時候，罪都可以被赦免。

這年的春天來的特別早，三月的杜鵑在二月就鬆出嫣紅的蕊，山麓上又開始有了強烈的色調，各種顏色從濃冬的桎梏裏掙脫紛揚，漫山遍野童話世界般的花團錦簇，阿不拉都聽見了——是命在旦夕，要開始還是結束？

答案正透過一種無聲的語言慢慢傾訴。

當黑夜再次掀開厚重的深黑色斗篷，所有被豢養的心臟都預備著，要跟進那一道黑色螺旋裡，病舍的長廊竟意外地燈火通明，亮晃晃的日光燈影像是直幅下垂的白幡，要引導出殯的行伍前進。文明與繁榮決定在這個初春的夜裡淘汰其中兩顆心臟，他們決定同時淘汰阿不拉的身體和意志。死刑最大的目的就是要消滅文明與繁榮自己產出卻無法駕馭的行動及無法遙控的意志，要用最惡劣的手段停止阿不拉的仇恨、嫉妒、快樂，甚至是害怕——決定以死亡來解開社會情緒對立的僵局。

阿不拉意識到了，他的官能突然有了某種類似動物對於磁場變動的感知，是真的命在旦夕，仍不免一場驚悸。這天阿不拉可以感覺到的聲音完全不一樣，該有的聲音沒聽見，不該出現的聲音又一再出現，阿不拉輕易分辨出異常，不需要提問確定什麼，他的感覺已經走到了神通的前面，離槍聲很近了。

死刑的預備動作已經就序，隔開看守所與監獄的那道生死門又被打開，阿不拉會從這裡被帶往監獄刑場執行槍決。由這扇門前去監獄執行的人犯被強制要求前往另一個世界，是天堂路也是地獄之門，眾說紛云，沒有人去過又回來。

這夜春寒料峭，卻沒有因為死亡就要來臨而顯得死寂，四處唧唧的蟲鳴和著青蛙求歡的呱咿聲此起彼落奏鳴著，連最靈犀的貓都還為了這一季的繁衍而喵嗚起來，誰也不認為死亡就必須要哭泣，生和死其實都很簡單，沒有快樂和痛苦。只是，繁榮與文明卻一直以為死亡的痛苦比較看得到，而堅持違背人性的哭喊和悲憫，固執地一再選擇以報復的手段來安撫社會情緒，以鮮血來餵哺正義，以槍決可以看見痛苦來取代心靈反省的良知鞭策——人心並非萬物之靈。

這天的就寢號角沒有不準時，阿不拉盤坐在床板上依約冥想，兩膝蓋上的鬼頭刺青咧開那一張大嘴，而胸前幾朵牡丹早就因消瘦而顯得枯萎，這具殘敗的軀殼會被留下來，該還給繁榮的都不會帶走，而該走的早在他認罪的時候就已經預備好了。

阿不拉還不能確定，只是感知了身體對他發出的訊號，四十五天之內，隨時都有可能要走。幾名戒護主管在就寢號角之後悄悄來到舍房門口，他們知道今晚這個瞎子將要回到一個可以重新看見的世界，他們躡手躡腳顯得心虛，這個瞎子實在已經不是個壞人了，至少。

門鎖輕輕地被打開，阿不拉知覺到突然間出現的許多人的氣息正慢慢靠近，他坐了起來，手上的檀珠沒停下來……

「龍吉……」病舍主管壓低了聲調。

「喔……，我知，要起程是否？」

「嗯——來，龍吉，起來換衫。」

阿不拉起身將幾個星期前預備好的一套西裝衣褲換上，黑色長褲和那件在胸前有整條龍蟠據的花襯衣，龍頭的位置恰好就在胸口心臟的部位。他一點脫序掙扎的樣子也沒有，動作的銜接和一般時候一樣流暢，沒有停滯。時間向前推演，阿不拉在戒護人員的引導下，捱著牆壁摸出去，延著闃寂的長廊向盡頭處推進。有人從舍房裡透過鐵窗遞給他一只梨花木十字架，他就這樣一手撚動著檀珠，一手緊緊握住那只十字架，向前緩步。

腳鐐拖曳的聲響並不沉重，阿不拉跟上了四週蟲鳴的節奏——念頭一轉，他輕聲哼出奇異恩典的旋律，和著滿天的星斗，天籟般地乾淨。皎潔的月光，星辰的亮度，那個透早素顏無妝的漁村，都化作了聲音，阿不拉聽見了。他知道就要穿過那道生死門，卻忽然間想起幾天前聽到蘇健河被當庭釋放的消息，他覺得答案已經可以聽見，卻不是人心可以證明。那一道蒙障，必需交給神明，一切都會有適切的安排，他相信自己聽見的聲音——玄邈，卻終將不證自明。

阿不拉聽見了穩定仔的腳鐐，就在他後面不遠處跟著，一直到抵達刑場，李文定都顯得那麼踉蹌。兩個人一前一後被帶進刑場旁的臨時簡易庭，接受檢察官的人別訊問及遺言交代，只要確認了游龍吉和李文定二人，那麼法律就會允許開槍殺人，讓子彈射穿這兩顆心臟。阿不拉首先站到預備接受庭訊的位置，他聽見穩定仔跟著靠上來，接著他便忖度自己留在這個世間的最後一刻，他還會有什麼話要說。一直到這個時刻，才想起自己是不是有什麼遺言。

死亡已經很近，庭外的蟲鳴卻一刻也不願意先停下來，阿不拉知道不會感到害怕，他決定認真聽完世間的所有聲音，很快地他會回到一個最原始存在的地方，這一點他想像很久了，也一直相信。

檢察官開始進行人別訊問，兩人也都表明沒有遺言，只有阿不拉提出拒絕麻醉的要求，他告訴檢察官他要清清楚楚地聽完各種聲音，然後非常清醒地面對下一個世界，他像個苦行僧侶一樣知道生命來去的路——最後，他只是淡淡地說了對不起，願意以性命為所有的罪行負責，這幾句話竟然讓他靦腆起來。

城市的霓虹燈就在山麓下亮著，繁榮送來了特意為兩人準備的餞別酒菜，穩定仔急著灌下濃烈的高粱酒，大口吃著桌上的魯菜，很快便脹紅了臉。阿不拉坐在一旁什麼也沒吃，就像坐在堤防上迎著輕輕的海風……

「穩定仔，天頂有流星。」

「流星？你看有？」穩定仔點燃為死犯準備的香菸。

「是呀，咱小漢的時，常去埠岸看流星——你，會驚嗎？」阿不拉問。

「喔……」穩定仔無心回答。

「穩定仔，免驚，我陪你來去……，你不是講過，兄弟仔逗陣是一世人的大誌，即然你堅持要我陪你。」

「為什麼……你不要上訴？」

「講這要做啥？這是神明的安排，我有做過的大誌你也知影，咱罪該萬死。」

「你不怪我？」

「不——兄弟仔，等下你若醉，車我駛，先返來咱故鄉的埠岸看流星，好否？」阿不拉伸出手握住穩定仔的手臂。

「嘿——你還會講玩笑……，等下我若醉，過奈何橋的時要會記牽我走……」穩定仔將最後半瓶高粱酒一仰而盡。

「嗯——安啦。」

「阿不拉……，你真正不怪我？」

「我若怪你，我今就不和你在這。逗陣仔，免驚，等下跟我的歌聲走……」

「喔……阿不拉……」穩定仔顯得有點惱火。

「嗯——你免講啥，跟我的歌聲走，免驚，神明已經在天頂等咱。」

「幹——哭父！為什麼不講你是冤枉的？你當作你真勇敢嗎？你以為我會感謝你嗎？幹——臭豎仔！」穩定仔突然間發瘋似地鬼吼，戒護人員迅速圍攏上來壓制。

死亡的時辰到了，天上的星星仍然閃亮，蟲鳴依舊，貓的靈犀不再那樣脆密，答案都在寰宇的運行中彰顯，每一顆心都能夠知覺——

「一粒流星……，流到那邊去，伊是向阮……向阮暗示……」

「碰——啪——！！！！」

槍聲響的時候，一切都靜了下來……

【全文完】

國家圖書館出版品預行編目

傾聽顏色的聲音 / 馬景珊著. -- 一版. -- 臺北市 ：
台北律師公會, 台北律師公會叢書（八）, 2008.01
面； 公分

ISBN 978-986-81656-1-8（平裝）

857.7　　　96025181

傾聽顏色的聲音

作　　者 / 馬景珊
出 版 者 / 台北律師公會
執行編輯 / 賴敬暉
圖文排版 / 郭雅雯
封面設計 / 蔣緒慧
數位轉譯 / 徐真玉　沈裕閔
圖書銷售 / 林怡君
法律顧問 / 毛國樑　律師
編印發行 / 秀威資訊科技股份有限公司
台北市內湖區瑞光路583巷25號1樓
電話：02-2657-9211　傳真：02-2657-9106
E-mail：service@showwe.com.tw
經 銷 商 / 紅螞蟻圖書有限公司
台北市內湖區舊宗路二段121巷28、32號4樓
電話：02-2795-3656　傳真：02-2795-4100
http://www.e-redant.com

2008 年 1月　BOD 一版
定價： 220 元